天喜文化

桃花扇底看前朝

许石林 著

天地出版社 TIANDI PRESS

新版序：士人深致

邹金灿

明朝人曾发出这样的感叹：书生如能践行孔孟一句话，便可称儒生。

这说明"学而时习之"如未落实在"习之"——践行上，终究是无用的，甚至是伪学。

由此我常思，许石林先生的践行功夫，在当今的确是极其罕见的。

儒学是中国传统文化的主干。这是一门广博、精深而又极切近人生的学问，偏偏很多学者把它讲成了纸面上的"冷知识"，更是画地为牢，导诱好名之士以此为业。

说"冷知识"，是因为不少人学习儒学，豪掷了年华与心血，却在面对现实生活的冷峻考验时，蓦然发现此前殚精竭虑所学的东西，在很多关键处发挥不了什么作用。这种情况引发的痛感，不是一句"百无一用是书生"的自嘲所能消减的。

许先生成长于关中，定居于南国，广游四海，丰富的阅历让他深切感到，现在的人们比以往都更需要儒学，但须谨防迷失在"冷知识"中，而要讲习有生命力的"热学问"。

他以儒者自任，注重躬行实践，尤其是对于儒学中的礼俗，独具特识，同时以"耻经生之寡术"（顾炎武语）自警，重视学以致用。于是我们常常看到，人们在生活中遇到礼俗方面的事宜而不知道怎样安排，这时候询问许先生，一定能得到一个言之有据又切实可行的方案——不仅仅是答案。

孔子说："己欲立而立人。"许先生是按照古代士人这个标准要求自己的。他不仅悉心料理家族成员的各种人生大事，着力帮助很多青年找工作，更捐赠稿费出版乡邦文献《蒲城文献征录》，筹款为家乡修桥，为乡亲们捐赠锣鼓资助村民娱乐，还帮助其振兴风俗礼乐，等等。与此同时，他将一路的见闻与思考，灌注在日常讲学和写作之中。

"作家"大概是许先生最广为人知的身份了。他有很多妙趣横生的文字流传世间，比如《最好的风水是人品》一文，被无数自媒体账号转载、剽袭、暗用，阅读量动辄"10万+"，却鲜有人知道原作者就是许先生。

《桃花扇底看前朝》是他的代表作之一。此书一经出版，便不断加印。书中语言嬉笑怒骂，不拘一格，要旨都在用"旧襟怀"讲一些"旧道理"。此书如此畅行，可见道理虽旧，光景却新。

许先生日常谈话，机锋妙语，不绝于口，有人从十几年前就开始整理其妙语金句，也有因其一句话而想"一识韩荆州"的。比如

新版序：士人深致

在本书中——

"当官发财算什么本事，当官不发财才是本事。"

"什么是尊贵？尊贵不是想干什么就干什么，不是有条件干什么就干什么，而是不想干什么就不干什么，有条件干什么也不干什么。"

如此妙语，在许先生的作品中随处可见。他的许多文章，在他是随口道来、信笔而成，在别人却成为开启思维的钥匙。有人甚至说，许先生的轻松一句话就可以作为论文选题。

许先生虽然文誉日增，但其为人却是从心底里谦虚的。他向古人看齐，从不把自己的文字称为"文章"，只称自己写的是文字、稿子或者东西，只表示希望通过讲述那些真正切于人生日用的"旧道理"，为读者提供解决人生问题的一些视角或方法。这是他所看重的"热学问"。在形势日益错综复杂的今天，我们更需要用"旧道理"来安顿自己的身心。

致用，只是许先生作品的一端。在致用之余，许先生的作品有一种动人的深致。

曾有人因为支持性情耿介正直的人士，在现实中受到了一些牵连。许先生得知后，征引明末书法家倪元璐对北宋"元祐党人碑"事件的评语说："择福之道，莫大乎与君子同祸；小人之谋，无往不福君子者也。"他认为，我们如果能和贤者一起受罪，这是一种福分。许先生的作品有不少类似的表述，看上去轻描淡写，实际上涌动着拍岸裂石的浪涛。许先生讲学的精神，也在这个故事里。

世界很复杂，很多事情我们其实解决不了。这很无奈，也并不重要。正如许先生的作品告诉我们的，人生天地间，变幻如浮云，但起码以下这句话是有确定性的：信道笃、明去就、尚贤者，能让自己身处的地方多一分美好，多一点希望。

此之谓士人深致。

2022年3月于深圳

旧版序：访古忧世，下笔情深

邹金灿

一个人对中国传统文化亲近与否，与其性情很有关系，有深情者自能近之，无深情者即使雅好传统文化，亦难体察个中幽微之处。

许石林先生情深。在他绝大多数的文章里，尤其是谈论古人言行之作，他都在做同一件事情：进德彰贤。这听起来似乎头巾气十足，然而里面所涉及的德行，是人之大端，不可糊涂。现在很多人看不得正襟危坐地说道理的文章，时势如此，许先生在写作时也不得不进行权变。他将"进德彰贤"这一用心，融在平易近人的文字里，如盐入水，人受其味而不觉有东西进入腹中。

读许石林先生的文章，容易被各种生动的比喻吸引，又或是对其嬉笑怒骂的姿态印象深刻。在我看来，这些东西都不是最应注目之处。"天下文章出桐城"，桐城文章强调义法。所谓"义"，是《周易》说的"言有物"；所谓法，是《周易》说的"言有序"。有人写东西，于义于法都显得茫昧。要而言之，许先生书中的各种比喻也好，嬉笑怒骂的姿态也罢，都属于"言有序"，而他的"进德彰贤"

之心,才是言中之物,就像水里的盐一样。写作技巧极高之人,并不以"言有序"为能事,他们不去高谈什么写作技巧,写作是"辞达而已"。言有物,才是读者最看重的,因为无论你是反对还是赞成作者,都要基于作者的"盐"来发论。

在智者看来,要窥得作者用意,是讲究眼光的一件事。譬如读《庄子》,入眼就不得不慎重。清末大儒王先谦在《庄子集解》的自序里,这样评价《庄子》里的各种狂言怪语:"此岂欲后之人行其言者哉,嫉时焉耳。"意思是说,庄子的狂怪,皆因忧世而发,并不希望后人模仿。王先谦可谓是庄子的异代知音。《庄子》成书于衰世,里面的言论多因忧愤而生,因此往往正言反说。后人读《庄子》,若不能体察其忧世深情,就容易对那些非贤非圣的言论不得要领,甚至走火入魔。

当然了,许先生的书并非像《庄子》那样走激诡之路。但他在文章里大谈古人的好,篇幅之大,举目皆是。这似乎给人"食古不化"的印象。其实,许先生自有深情,有他的道理。他服膺顾亭林,亭林先生主张"文须有益于天下"。许先生躬行顾氏之言,将忧世之心,化为笑骂之笔,实际上是希望对今日的人心出一分匡扶之力。

在现实生活中,许先生并不泥古。比如他与一群朋友相聚,当大家都将某人批驳得一无是处时,他会直言不讳地说出那个人的可贵之处,当大家都异口同声地赞扬某人时,他则会告诉大家那个人有哪些不足之处。他无意标新立异,只是论人衡事自有进退的标尺,不会被大流裹挟,这个标尺就是人的德行。李白有言:"古人今人若流水。"若将时间线拉长看,今天的人也会成为古人。然而人分今古,美德却不分今古,前人的嘉言懿行,在任何时候都值得后人心慕手追。这就是先贤崇古的精神所在。

有人说:"古代专制、黑暗,你谈这些有什么意义?"几乎每一个崇古之人,都会面临类似的诘难,许先生应该也不例外。这是一种似是而非的论调。首先,古代是否真如你想象中的那么专制、黑暗,本身就是一个严肃的学术问题。其次,正如钱穆先生说过往历史,"无数百年不败之政治,亦无数百年不坏之制度",再好的制度,若不注意自警自新,惩恶扬善,也会有坏的时候,所谓久必生弊,需要不断损益。

先儒论人,以美德与学问为高,目的是培育士君子,而士君子是良政美俗的基石。这是一种极其深邃的眼光,因为它直接指向人本身。今人育人,以人民大众为服务目标,此说越来越受认同,因为人民大众才是社会真正的基石。读许氏书,不能不深刻领会其中古为今用之旨意!

2015 年 5 月于深圳

旧版自序：历史是一把桃花扇

许石林

所谓历史，或者说从前，如一把桃花扇——那日渐黯淡的扇面上，前人留下的斑斑血迹，犹如殷红的桃花瓣。轻轻摇动这把扇子，仿佛桃花纷纷在春风中飘摇欲坠……

有人看见这把扇子，想到血型等，产生种种冰冷的疑问……这是考据；

有人看见这把扇子，仿佛闻到了飘散在幽深的历史隧道中的远古芳香……这是选择。

面对历史，我显然是后者。

我习惯翻开旧书，目光徐徐于字里行间觑觎，嗅闻这深埋于古籍中的味道，这是前人留有的香味。这香味，有人说是古老道德之花的余香，有人却道这古老的道德之花已经枯萎，就像那把陈旧的扇子上桃花瓣般的斑斑血迹。我相信，那古老的香味还没有消散尽净，一直盘桓存留于故纸旧籍，绵绵无绝。

我希望能从这殷红的桃花瓣上，提取前人优良的文化基因，并使它延续其生命力,即希望这桃花能重新盛开,想象那初绽的桃花,于当下的清晨,散发出美德的气息。

你或笑我的这种期望,是很憨笨的、无可救药的天真。

这些文字,采撷于古籍,或正史野史,或笔记小说,不论其来源,不欲考据,但求情理圆备即可。这些文字所记录描绘的,都是让我读之欢喜非常的人和事,读他们的事迹、言语,常常会令人击节拍案,或覆书伫立,终夜徘徊,心向往之,恨不能与其生活在同一时代。我承认,通过阅读,我一定是放大了前人的美好。

读古籍,我相信掌握了适合自己的窍门,即做选择题,不做考据题。孔子说:"夏礼,吾能言之,杞不足征也;殷礼,吾能言之,宋不足征也。文献不足故也。足,则吾能征之矣。"夫子在这里说的一层意思就是选择。

我选择,即我相信。往大里说,我相信美好和善良,相信礼义廉耻曾经存在过,跟不相信美好和善良,不相信礼义廉耻曾经存在过,对自己来说,效果完全是两回事;有希贤希圣之心,和没有希贤希圣之心,对当下人来说,是两回事。后者无疑是内心寂灭般的冷酷、无趣而凉薄的"聪明"。明代人陈眉公说:"闻人善则疑之,闻人恶则信之,此满腔杀机也。"

今天的许多人,自己做不到的美好,就认为不可信,自己没见过的醇善,亦认为不可信。为什么他们那么容易相信恶,甚至认为只能相信恶,还给种种恶寻找历史的逻辑和依据,并因此认为恶才是真实的人性?这种相信恶的意识,导致了一种可怕的价值观:他人是禽兽的话，我一定要做到禽兽不如，否则我就吃亏了。

因此，我坦白，我写这些文字，有一个动机：文雅地说，以前人为镜鉴；用俗话说，用前人恶心今人。

这种写法早就有了，如《世说新语》《语林》。明人张岱也曾写过类似的文章，他的夫子自道甚合我意："若予所道者，非坚人之志节则不道，非长人之学问则不道，非发人之聪明则不道，非益人之神智则不道，非动人之鉴戒则不道，非广人之识见则不道。"他这里说的，仍然是有所选择。有选择，即有用心，即作者希望读者通过阅读自己所写的文字，认识或重温所选择的人和事，能够有所提升。

至于"入理既精，仍通嘻笑；谈言微中，不禁诙谐"这种文字功夫，我不知道自己做到了几分。

有人看这些文字，讥刺曰：道学而已；有人甚至说：假道学。从某个角度讲，在没有行动之前，在你不去按照道学做之前，所有的道学之说都可以说是假的。只有道行、行道才是真的。不过，不承认有道学，不把假的当真的去做，就永远不会行道，也就没有道行，就永远见不到真的。

所以，将自己努力变得简单一些，天真一些，憨笨一些，轻轻摇动历史这把桃花扇，謦欬咳唾，在从前的人和事中，寻找那枯萎的花朵，仔细嗅闻那若有若无的香味。桃花扇底看前朝，人间正道沧桑里，多少楼台烟雨中……

2015年5月于深圳

目 录

第一章　朝臣待漏五更寒

1　古代王朝的能量 //003
2　成王败寇的真正含义 //007
3　黄道周：明末耿介一忠臣 //012
4　王道本乎人情 //024
5　古代帝王下诏罪己 //029
6　宋仁宗的饮食 //033
7　美食背后 //036
8　当官不发财，才算本事 //039
9　谏诤犹如挤粉刺 //042
10　清末军机处的那些事 //047
11　顾命大臣的命运 //051
12　一辈子就为了得一个好死 //055
13　当官要随时准备说：我不干了！//061
14　古代官员的退休生活 //064
15　古代法官嫖娼的事 //068
16　古代医患之间 //073
17　对贪官宽宥就是对人民的犯罪 //077

18　曹利用之死 //081

19　被凌迟的大老虎刘瑾 //085

20　拿什么警诫官员最有效 //089

第二章　功名富贵皆春梦

21　所谓琴心——减少苟活的理由 //099

22　古代的吊民伐罪 //104

23　人在做，天在看 //108

24　君子爱人以德 //111

25　对丧者应有的态度 //114

26　面对钱财，如何抉择 //117

27　古代士大夫遇沮则退 //120

28　人活一张脸 //124

29　清议的价值 //127

30　守礼者无敌 //131

31　惩罚的艺术 //135

32　十岁小孩儿的风度 //139

33　赢官司要少打 //142

34　王旦的雅量 //145

35　量小非君子 //148

36　心肺肝胆 //151

37　生正逢时 //155

38　游必有方 //158

39　利令智昏 //162

40　只要耐得烦 //165

第三章 白云苍狗一笑中

41 那些很极端的孝 //171
42 科场案和假文凭 //175
43 宋朝人的元宵节如此好玩 //180
44 古代饮酒之厄 //183
45 天下官民相互体恤 //187
46 古代赈灾的故事 //190
47 古代的秘书 //194
48 古代城管的那些事 //198
49 胥吏思维的毒瘤 //202
50 古代为什么严重鄙视役隶 //205
51 中国古人为啥不和演员计较 //209
52 古代优伶身份卑贱却心向尊贵 //214
53 古代的骗子 //219
54 古代官员对于风水的态度 //223
55 古人如何对待"怪力乱神" //227
56 古代如何阻止谣言 //231
57 古代枉法的案例 //236
58 古人如何对待法与情 //240

跋 只有美德才能让人尊敬 //243

第一章
朝臣待漏五更寒

1　古代王朝的能量

旧王朝的兴衰更替，犹如一个核反应堆能量的强弱变化。开国之初，如该反应堆核能量最充沛强劲之时；至其衰亡覆灭，则其能量衰减微弱，不足以供应整个王朝运作对能量的需求。至于其消亡后，仍余脉不绝，那就是核废料的降解过程，不足道，充渔樵闲话而已。

就是说，核反应堆的能量再强劲充沛，毕竟会逐步衰减，这是旧王朝的宿命，所谓气数，就是这个意思。

英明的开国皇帝，思维、行事大开大合，挥洒之间，无不切中义理，体现出兴旺强健的正力量。明洪武十八年（1385），朱元璋御览全国地图，侍臣见朱元璋心情不错，就说：我大明幅员辽阔，人口众多，物产丰富，前所未有啊。（"舆地之广，古所未有。"）这显然是在奉承皇帝。但朱元璋不是那种有文艺范儿的皇帝，一听好话就高兴得想拉二胡唱歌，他对现场的大臣发表了重要讲话：这正是我们要谨慎的地方，幅员辽阔，人口众多，会带来治理的难题，因此，不管在哪里做官，各级官员必须德行高尚，因为一个居上位的人只有具备德行方能让他人叹服,这是为政的前提。商纣王拥有天下,不也亡了?而他的祖先商汤的本钱起初只有七十里方圆的国土,却慢慢地拥有了天下。都是因为一个德字。有德者就拥有正能量!("地广则教化难周,人众则抚摩难遍,此正当戒慎。天命人心,惟德是视。纣以天下而亡,汤以七十里而兴,所系在德,岂在地之大小哉!")

帝王以礼乐化民,祭祀之事,非常重要。洪武年间,制作太庙的祭器,礼部反复研究,以为必按照古礼制作,丝毫不能马虎,为此一些儒生还展开了激烈的讨论,各自依据古书的描述,相互指摘挑剔,水火不容。就跟今天学传统之学的年轻人一样,为一个汉服、儒服之类争论得不共戴天。朱元璋说:你们别争论了,"礼顺人情,可以义起。所贵斟酌得宜,随时损益。近世泥古,好用古笾豆之属,以祭其先。生既不用,死而用之,甚无谓也。孔子曰:'事死如事生,事亡如事存。'其制宗庙器用服御,皆如事生之仪"。洪武十一年(1378)初秋,朱元璋祭太庙,由于祭祀用的板栗没成熟,负责祭祀工作的太常向朱元璋汇报,请求能不能用桃子代替。朱元璋听了,说:当然可以!礼从宜嘛。今后所有用来祭祀的果品,不必常备,更不必让各地从数千里之外供应,就用时令的果品即可。这个要形成一个制度("着为令")。

朱元璋虽然不是读书人出身,没什么文化,但真如子夏所言:"必谓之学矣!"

同样的事,宋朝开国皇帝赵匡胤也是这样处理的。赵匡胤刚建立宋朝，到太庙祭祀，见祭器笾豆簠簋之类，陈列周详，他不认识，问这都是些什么，近臣汇报说是祭祀用的礼器。赵匡胤笑了：我祖宗恐怕也不认得这些，撤了吧。用日常的膳食祭祀即可。赵匡胤自己行礼完毕，却对刚才的近臣说：你们依然将刚才那些礼器摆上去，方便其他人来祭拜，不能因为我，让别人无所适从。

邵康节（名雍，谥康节）称赞赵匡胤：真是一个懂礼乐真谛的达人。（"达古今之宜矣。"）

这就是工朝初期的正能量核反应堆，帝王言行，大事小情，无不"达古今之宜"，垂范天下，上能推诚，下无逸口，国家呈现出兴旺的气象。

考诸往史，每个王朝发展到后来，无不是能量衰减的过程。再健康的事物，久则必然生弊，犹如衣服由新到旧，其污染肮脏是不可避免的一样，各种各样的困难矛盾也会越积越多。比如，至明朝正德年间，单是宗室亲王就有30多位，郡王215位，他们的子弟还都是各种吃国家财政的官，消耗非常大。永乐时期就将这些宗室的俸禄大量削减过，显然当时已经负担沉重了，到了后来更是负担不起。国家机器其他部分的运转也都日渐冗繁沉重，如洪武初年，锦衣卫官共211人，到嘉靖八年（1529），锦衣卫官增加到了1700多人。弊端这个东西，具有疯狂生长的能力，拼命革除，尚且不尽；稍有懈怠，满目尽是，以至于连个正常参照都找不到，人都不知道什么是弊端了。

明朝每代帝王继位后出现的短期中兴，就是新皇帝奋力革除弊端，给核反应堆增添新的燃料的结果，燃料所加，必然有腾旺的气象。

明仁宗在位仅一年就死了，但其所施仁政，颇有成效。洪熙元年（1425）三月，他曾下诏说：朕的脾气不好，有时过于疾恶，对罪犯法外用刑，过分干预司法，请司法部门再三执奏，劝说提醒朕。如果你们再三执奏，朕还是不听的话，可五奏；若五奏还不听的话，就联合三公大臣一起执奏，直到朕同意回到法律的轨道上来为止。

宣德九年（1434），明宣宗想将位于德胜门外的教场迁移到西直门附近，便派遣大臣去详细查勘新教场的选址，并评估迁移计划是否可行。

大臣回奏说：选址不错，教场迁移计划是可行的，但是要拆迁三十六户老百姓的房屋。然后又说，那个地方都是老百姓种的麦苗、桑树、果树，以及一些古坟墓，这些都需要铲除夷平。

宣宗听完汇报，立即说："勿病民！"即不要损害老百姓的利益了。便下旨停罢修建新教场的计划。

明仁宗、明宣宗两位皇帝在位的时间都不长，但却创造了明代的"仁宣之治"。可见皇帝稍微一认真，就很快见成效，犹如给核反应堆里增添了新的燃料。但是，后面的皇帝就基本上是消耗燃料而非增添燃料了。最后到崇祯皇帝时，明朝的核反应堆已因年久失修，坏了，泄漏了，不能再使用，他想添都没法添。

至于有的短命王朝，虽号称王朝，但并不具备王朝的基本素质和条件。也没有什么反应堆，就是根蜡烛，还嘚瑟着，不停地折腾，迎风流泪，不加节制地燃烧，其消亡和覆灭就更不值得一说了。

2 成王败寇的真正含义

科举制其实是个伟大的创举，它使出身下层的士子有了上进的通道，使王朝有了人才吐故纳新的机制。但是，任何制度都要操作得好，如操作不当，久则生弊。唐朝末期，科举让两个读书人受挫，一个是黄巢，一个是李振。这两个人科举不成，一是他们的文章的确不行，二很可能是科举执行者量材标准失之偏颇，让应该获得上进机会的人遭受阻蔽，堵塞了人才之路。黄巢生气了，后果很严重，挥刀造反，四方响应，"天街踏尽公卿骨"，使唐朝一下子陷入极度病衰状态，无药可治，神州瓯裂。

其实要是当时有人在旁有力辅佐黄巢，不让他和朱温闹翻，黄巢说不定能成事。可惜黄巢目光短浅，朱温被围困在同州（治所在今陕西省渭南市大荔县），黄巢不救，于是朱温降唐，转而攻巢。也可能黄巢为人不如朱温那么凶悍奸险，所以最后败在朱温手里。朱温是借着黄巢起来的，以其勇猛善战，帮助黄巢把唐朝打得奄奄一息，最后却倒向唐朝，把黄巢收拾了。总之，黄巢发狠忙活了好多年，都替朱温忙活了。收拾了黄巢，朱温把名字改成了朱全忠，以向唐朝表示全心全意的忠诚，简直就是没有唐朝就没有朱温。他从造反的"贼寇"陡然变成了唐朝最忠诚的忠臣，许多文臣和读书人很不相信，但嘴上不敢说。

朱温的父祖都是乡下读书人，教书谋生，日子过得很清苦。朱温很看不起自己父祖那样苦哈哈的生活，也从小就仇恨读书和读书人。这小子极端聪明，城府极深，胃口极大。朱温替唐朝灭了黄巢，衰弱的唐朝将能给朱温的荣耀都给了，口袋都翻底儿给朱温看了，但朱温觉得不够：他想当皇帝。正在此时，另一个因为科举受挫的读书人李振站了出来，他要复仇。他对朱温说：现在阻碍您当皇帝的人，都是朝中那些读书人出身的官员，这些人平时自诩是所谓清流，您别看他们现在不作声，但心里很鄙视出生入死打仗的藩镇武将，把他们杀了扔到黄河里去，让他们这些清流变成浊流！看谁敢再鄙视您。朱温一听，笑而从之，一下子把三十多个读书人出身的文官杀死扔到白马驿（在今河南滑县）附近的黄河里去了，史称"白马之祸"。朱温扫清了自己当皇帝路上的清流文官障碍，轻而易举地当了皇帝，改国号梁，揭开了中国历史上最混乱血腥的五代时期。

朱温当了皇帝，怕人笑话，名字也不叫朱全忠了，又改名朱晃，结果他当这个皇帝真的一晃就过去了。朱皇帝其实很注意抓经济，富国强兵，也取得了显著的成效。但是他的政策很偏，即经济再好，也改变不了他仇恨读书人、仇智恨学的心态。他当了皇帝后，参照前朝，觉得应该要有个样子，也不懂装懂地提出发展文化，弄几个读书人出来装装门面，希望他们写写歌颂皇帝和朝廷的歌曲啥的。

比如他邀请其时已经隐居山林的司空图出来当官。司空图看透了朱温的本性，不敢不出山，但是伴君如伴虎，而朱温本身就是只虎，饥饿的变态虎！司空图在朝堂上故意走路跌跌撞撞的，把手里的牙笏都掉在地上了，后果很严重——这是严重的失仪。司空图被朱温斥退，正中下怀，又赶紧隐居去了。

朱温这皇帝当得很不像个皇帝，贼性不改，经常招呼一帮流氓出身的哥们饮酒啸聚。他的哥哥都看不下去了，趁着酒劲儿骂：朱三儿！你这个德行也配当皇帝！

其实那时候已进入了一个"聪明"人的时代，也可以说是一个有智谋的人横行的时代，一个聪明而无道德的时代，许多人没有道德、没有文化却成事了。我在成都参观过前蜀皇帝王建的永陵，寝宫里有王建的石雕像，相貌看上去相当英伟。王建，也是流氓无赖出身，因为他排行老八，人称"贼王八"。现在咱们骂人王八、王八蛋，就是从这儿来的。"贼王八"王建因其贼，在四川盆地成就大业，当起了皇帝。不过当了皇帝的王建劝课农桑，蜀人得以休养生息，王建也还是个不赖的皇帝。

朱温当皇帝，经济实力是有的，军队也是能战斗的，他为人也是很聪明机警的，他也是很勤政的。但是聪明人没有了仁义道德的约束，一味地逞他的聪明厉害，行使其雷霆手段，还是治不了国。何况他还很淫乱，把自己的儿媳妇睡了个遍，跟相貌出众的儿媳妇还睡出了感情。不到六年，朱温先是被割据在太原的李存勖重挫，后来被自己的儿子杀死，死得很惨。他儿子一刀戳到他肚子里，由于用力过猛，刀从后背出来，穿了个透！

朱温以乱贼盗寇出身，成事当皇帝，世称其为梁太祖，但是一般人还是认为他是贼寇，是乱五代之首的恶贼寇。

同为朱姓的另一位皇帝朱棣，以造反起家，后来承继大明正统，凭借其文治武功将明朝推向辉煌的永乐盛世。所以，人们对于他的事功是很认可的，仅仅在背后同情一下被他赶下台的建文帝。朱棣死后，明朝效法唐李世民，尊朱棣庙号为太宗，仅次于开国皇帝太祖朱元璋。后来明世宗时，追改太宗为成祖，又将朱棣的尊誉拔高了。史家对此无异议，因为朱棣的确是成就帝王大业的有为皇帝。

同为朱姓皇帝，朱温以奸篡得逞，朱棣以反叛成功，在唐昭宗与建文帝看来，都是反贼盗寇；朱温肇"白马之祸"，朱棣诛方孝孺十族，均可谓酷烈凶残。朱温称帝，行盗贼之法，以致国灭惨死，虽曰梁之太祖，而百代以下，仍称其为贼寇；朱棣以反叛起兵，夺位登基，文治武功卓著，百代以下，犹追誉其功德，越宗而祖。二朱为帝，天壤之别，耐人寻味。古人说："德象天地曰帝，仁义所往曰王。"此真理也。

元代杂剧《犯长安》之《李傕定计》中，李傕道："雄兵十万吾为首，昼夜兼程朝西走，这次是胜者为王，败者为寇。夺了长安为董公报仇。"元代读书人不敢明说"成王败寇"这句话，因为其时元朝狂飙治下，所行非王道。故读书人内心鄙之，目元朝统治者为贼虏盗寇，既不愿意屈身服侍之，又不能公开言明，于是转而经营舞台，借戏中人物之口向社会道破天机。

孙中山在《关于组织国民政府案之说明》中说："中国历史上有一习惯，所谓'成则为王，败则为寇'。但近代文明国家不是如此，若有一种政治上行动，即败后也不为寇。"孙中山先生此言或可有补充阐发之处：自古贼寇起事，有事成而行王道者，即改贼寇之心为王者之心，故曰成王。也可以说，唯贼寇行王道者能成事，即事以王而成，故曰成王；又贼寇之性不改，以贼寇而侥幸成事者，自古鲜有，有亦必奄忽而成，倏然而败。反过来，即先为王者，后弃王道而行贼寇之道，人必以贼寇视之，其必然以贼寇而亡败。

过年闲居，忽思十多年前春节，在华山脚下一农场，华县（今陕西省渭南市华州区）皮影戏艺人为我们几个人演出的专场折子戏。夜幕下，天穹如墨，华山顶上偶尔闪烁的灯光，更增添了天地间的寂静空旷。其中有一场武打戏《狼虎峪》，说的是随黄巢举旗反唐的朱温投唐反戈击巢，狙杀于狼虎峪，黄巢兵败自杀的事。剧中黄巢与朱温对打，锣鼓铿锵激烈，老艺人潘京乐那沙哑苍劲的嗓子猛地迸出："朱温呀！朱温！我把你个贼……"

听得人浑身一震。

3　黄道周：明末耿介一忠臣

黄道周，福建漳浦（福建省东山县）人，自幼天资过人，少年即有"闽海才子"之名。天启二年（1622）进士，历任天启朝翰林编修、经筵展书官，崇祯朝右谕德、少詹事、翰林侍读学士、经筵日讲官等。

黄道周是个典型的士大夫，行事但循义理，不屑圆转，俗称戆头。戆，愚直也。被称为戆头者，即任气节而不顾利害之人。故古人以为，唯此戆头，方可以托孤寄命。

崇祯二年（1629）冬，后金皇太极率领大军越过蓟辽督师袁崇焕所设的防线，围逼北京城。其后袁崇焕率军回救，鏖战多日，虽然围解，但京师突然遭遇兵祸，朝野对袁崇焕怨谤四起。崇祯帝也因此战备受打击，乱了方寸，十分恼怒，不仅要追究袁崇焕的罪，而且还要株连礼部尚书兼文渊阁大学士钱龙锡，因为钱龙锡曾举荐过袁崇焕。满朝官员无一人敢出声，唯黄道周连夜上疏，为钱龙锡辩冤，直指崇祯帝的过失："杀之不足明威，而徒有损于国。"自负且急躁的崇祯帝阅疏大怒，"以诋毁曲庇"，着令回奏——崇祯在盛怒之下，让黄道周把话再说清楚，其实是给了黄道周和自己一个退避圆转的机会，不料黄道周又一连上了两疏辩解，表明自己"区区寸心"，"为国体、边计、士气、人心留此一段实话"。崇祯帝的愤怒被黄道周阻沮，他因此非常反感黄道周，几乎要将黄杀了。由于黄道周的据理力争，钱龙锡得以不死，而黄道周却因此被降三级调用。

黄道周三疏诤谏，学的是他的老师袁可立。黄道周从此名声大振。

崇祯五年（1632），黄道周以疾求归，临走时给崇祯帝上了一疏，言辞激切："臣入都以来，所见诸大臣皆无远猷，动寻苛细，治朝宁者以督责为要谈，治边疆者以姑息为上策。序仁义道德，则以为迂昧而不经；奉刀笔簿书，则以为通达而知务。一切磨勘，则葛藤终年；一意不调，而株连四起。陛下欲整顿纪纲，斥攘外患，诸臣用之以滋章法令，摧折缙绅；陛下欲剔弊防奸，惩一警百，诸臣用之以借题修隙，敛怨市权。且外廷诸臣敢诳陛下者，必不在拘挛守文之士，而在权力谬巧之人；内廷诸臣敢诳陛下者，必不在锥刀泉布之微，而在阿柄神丛之大。"黄道周以请求退休者的身份，冷眼旁观，精准地指出了崇祯帝面临的尴尬局面：诸大臣几乎没有能真正为朝廷考虑的，不但不为国家尽力，反而利用权力打压那些真正想为国尽力的仁人志士。这话说得崇祯帝心惊肉跳，内心很沮丧、恼火。崇祯帝批复，跟上回一样，让黄道周把话再说清楚，要解释"葛藤""株连"等几个词语。

从古到今有一个怪现象：有的人就是不接受含蓄的表达，非要让你把话说清楚、说露骨，你说清楚了，他却受不了了。黄道周无奈，只能进一步申明自己的见解，几乎将崇祯即位以来以及从前三十年的弊端和任用人才的失误全部说了出来，把皇帝信任的重臣的所作所为一语道破："迩年诸臣所目营心计，无一实为朝廷者。其用人行事，不过推求报复而已……今诸臣之才具心术，陛下其知之矣。知其为小人而又以小人矫之，则小人之焰益张；知其为君子而更以小人参之，则君子之功不立。"黄道周很不给皇帝留面子，并且直刺当时崇祯信任的几位大臣。崇祯帝阅疏，非常生气，将黄道周贬斥为民。

崇祯九年（1636），黄道周又被起用，复原职。累迁右谕德、少詹事、翰林侍读学士、经筵日讲官。崇祯帝冷静清醒的时候，也会想起黄道周的话，因为经过时间检验，黄道周所言几乎被一一证实了，加上黄道周学问精深渊博，人又正直，名气又大，所以他又重新任用黄道周。可是，刚一上任，黄道周就连连上疏，不改其激切直言，当然是没有悬念地惹怒了崇祯帝，又掉入了一个由兵部尚书杨嗣昌等人精心布下的陷阱。其时朝廷肃清东林党，黄道周虽不是东林党朋，但也被株连，心灰意冷，请求辞职回家。临走时他又上疏解释自己辞职的原因，本来是谦虚之词，也可以说是敷衍，列举十数条理由，有一条说自己"文章意气，坎坷磊落，不如钱谦益、郑鄤"。这句话被痛恨他的杨嗣昌等人抓住不放——其时，有人揭发弹劾郑鄤曾经打过自己的母亲，这可是大逆之罪。关于此，有两种说法：一是郑鄤少时，其母悍妒，犯七出之过，其父欲杖而教训之，郑鄤不愿意父亲担此名誉，乃泣而求代父杖母，也可能是怕父亲下手过重，自己代父执行，做个样子，让父母都好受一些；二是郑鄤的确对他母亲不好，蒙骗了曾经路过在郑家小住的黄道周。郑鄤百口莫辩，后来被处以凌迟。这样一个大逆不道之人，黄道周居然称赞他的文章好，这让人抓住了把柄。崇祯帝也犯了人君不该犯的错误：攻其一点，不及其余。黄道周辩解说自己只是认为郑鄤的文章写得比自己好。但是，崇祯帝就是抓住这一点不放，斥责他居然同情称赞一个忤逆的郑鄤！

为什么朝廷那些人臣如获至宝地抓住黄道周这一点不放？也许是因为骨子里的孝道血统和仁孝文化基因，黄道周一直主张严格遵循以孝道治天下的传统。当时崇祯皇帝最倚重的宠臣杨嗣昌，父母去世应该丁忧守制，而崇祯却将其夺情起复，这是没有遵守孝道。黄道周指责杨嗣昌不守孝道，为此还举行了一场辩论——"与嗣昌争辩上前，犯颜谏争，不少退，观者莫不战栗"。斥责杨嗣昌不遵礼守制，有违孝道，无疑也是指责崇祯，这很明显。因此崇祯帝极力袒护杨嗣昌等人，崇祯和杨嗣昌君臣组合对付黄道周，黄道周雄辩滔滔，纵横莫当。这一场千古罕见的抗辩对话，即便是编剧妙手，也难呈现其惊心动魄的场面。

最后辩论不过黄道周，崇祯帝愤然怒斥他："尔一生学问，止（只）成佞耳。"闻此言，黄道周豁出去了，高声争辩，步步紧逼："臣敢将忠佞二字剖析言之，夫人在君父前独立敢言为佞，岂在君父前谗谄面谀为忠耶？忠佞不别，邪正淆矣，何以致治？"

这场辩论的结果，黄道周被连贬六级，调任江西按察司照磨。

黄道周确实犯了戆头脾气。

有关戆头，明朝初期的烈士方孝孺有言：汉代汲黯（长孺）、三国吴张昭（子布）就是千古戆头，这两个人幸运的是遇到了理解并尊重戆头的人君，故能成就戆头的功业。而其他人就没那么好的运气了，方孝孺的命运最惨，蒙诛十族之酷刑，千古仅见。尽管这样残酷地绞杀戆头，戆头却代不绝人，到了明末，就出现了黄道周这个人。

崇祯十三年（1640），江西巡抚解学龙以"忠孝"为由向朝廷举荐黄道周。——这就是古代的士大夫，不怕跟黄道周这种有问题、犯了错误的官员来往，非但与其来往，还向朝廷推荐他。崇祯最忌讳官员之间相互勾结串通，以朋党为之戒。他认为解学龙被黄道周迷惑了，大怒，下令将二人逮捕入狱，以"伪学欺世"之罪重治。这时候，有几位大臣力谏，遂改为廷杖八十，永远充军广西。经此杖谪，黄道周更加声名远播，"天下称直谏者，必曰黄石斋"。说到这里，让人不得不为明朝在最惨淡的时候，尚有有良心的士大夫而感叹：在大厦将倾时，还有人站出来说良心话，可见大明朝士气没有绝。

明朝到了崇祯时代，内有闯献造反，四方扰攘，外有崛起的后金（大清），虎视眈眈。而明王室贵胄，谁也不愿意自己减损一丝一毫的利益，为朝廷和皇帝分忧纾难，总以为天塌下来有高个儿顶着，砸不到自己头上。崇祯是个很想做好皇帝的人，也很勉力勤政，比他前面的几个皇帝要像样得多。但是，崇祯的命运不好。明朝进入内忧外患的时期，他很急躁，很焦虑，人一着急，就容易慌乱。他也看到了明朝问题的症结所在，但是，他没把握选择一种有效解决这些问题的方法。大拆大卸、推倒重来这种方法是坚决不会被选的，谁也不敢给他提供这种方法。另一种方法就是黄道周这种正直的士大夫的意见，让皇帝不要被眼前的一些烦乱的不稳定乱象搅扰，应该以巨大的勇气和魄力从根本上固本培元，以拯救朝廷，匡之扶之。

黄道周给出的意见是：驱除皇帝身边那些"敏慧可人"的"才智"之士，如兵部尚书杨嗣昌、内阁首辅温体仁之辈，这些被皇帝信任而重用的"能臣干才"，无一不是"裱糊匠""装修师傅"。他们主要摸准了崇祯皇帝的脉搏，崇祯很想与关外的清兵讲和，但是不敢明说，怕士大夫清流们不答应，自己也不愿意落这个名声。历来研究明史者，很多人批评明末这些士子，为了成全自己的士大夫名节，耽误了明朝的命运，此所谓书生误国。如顾诚《南明史》评价刘宗周和黄道周：皆非栋梁之材，"守正"而不能达变，敢于犯颜直谏而阔于事理，律己虽严而于世无补。再如撰写《廿二史札记》的赵翼，说得似乎更有条理："统当日事势观之，我太宗既有许和意，崇祯帝亦未尝不愿议和，徒以朝论纷呶，是非蜂起，遂不敢定和，以致国力困极，宗社沦亡。岂非书生纸上空谈，误人家国之明验哉！……诸臣不度时势，徒逞臆见，误人家国而不顾也。"

赵翼的这种观点，很被后来的学人认同。这种说法其实是对书生气节的极大诬枉，是一种计较成败的功利与实用主义思维，还是一种事后聪明。书生原本就应该这样生存，如浩然正气蓊然于天地之间，端看一个朝代如何使用这种气。用得好，就是你的正能量，正好借助其力，风正帆悬，劈波斩浪；用不好，就是你的负能量，对峙抵触，摧樯折橹，加速你的覆灭。

实际上，黄道周并非腐儒迂阔，他自幼学《易》，以天道为准，早知道大明朝气数已尽。他在给自己的老师袁可立所作的传记《节寰袁公传》中说："智者不能谋，勇者不能断，慈者不能卫，义者不能决，赖圣人特起而后天下晏然。"他明知道当时的国事已非当时的诸臣可为，非赖有圣人出现不可，可他为什么不退隐林下，以等待时局的变化？为什么还明知不可为而为之？

因为天下需要这种明知不可为而为之的人！东汉末年，就有这种士大夫，明知汉之气数将尽，但仍然鼎力扛持。怎么理解这种不知圆转变通的书生意气？简单说，就是当此江山更迭之际，要以士大夫的固执，增加新王朝夺取政权的难度，提高夺取政权的门槛，这种难度和对抗，能给新政权自觉地注入一种强健的文化基因。大蒙古国时期，蒙古军队每攻占一城，见反抗者即株连屠城，但到了要治理天下的时候，凶残的嗜杀者也觉察到，要是把这种反抗的力量全都杀尽，则将来等自己需要这种力量为自己扛持的时候，都没有人了，也没有这种士大夫的种子，所以才听从了耶律楚材等通晓汉文化的读书人的建议，招中原读书人而用之，才有了许衡"不如此则道不尊"之论。

况且，天下不能都是"聪敏灵慧智巧"之徒，若人人都谙熟圆转，人人都是不粘锅，那才不啻人间地狱。试想：倘若天下人皆以见风使舵为识时务、知变通，则人无恒心，朝廷这艘大船，就只有哪里来风就往哪里使舵，非但不能扬帆航行，反而因总随着众人各异的诉求而随意变换航向，直到触礁沉没。

黄道周给崇祯皇帝的建议，在于竭力维护道统纲常，而此道统纲常的核心就是"孝"；作为天经地义的孝道，是诸德之本，皇帝以孝治天下，是为固本培元。扶正本元，则"民明教通于四海"。

基于此，黄道周对杨嗣昌、温体仁等那些所谓识时务、善变通的人是很不屑的。作个比喻，杨嗣昌辈就是"装修师傅""裱糊匠"，能满足崇祯皇帝急于看到国家有起色的心理。而黄道周等人的这种固本培元之策，如中国古代建筑的"打牮拨正"法，即将地基塌陷、梁柱歪斜的大厦的上层骨架支撑起来，再更换衰朽的梁柱椽檩，填充加固地基，最终使大厦复归于稳固，延年益寿。黄道周的这种方案，虽不是大拆大卸、推倒重来那么令人震撼，但无疑是有巨大风险的，这对焦躁疲惫的崇祯皇帝来说，是接受不了的。

黄道周挨了八十大棍，皮开肉绽，遍体鳞伤，卧床八十多天，才能稍稍起立。读过方苞的《狱中杂记》者，可知当时狱中的规则与"潜规则"，虽朝代不同，想必情形几无差别：俗话说靠山吃山，狱卒靠犯人就吃犯人。据《黄道周年谱》载："先生既以清苦闻天下，诸狱卒皆不敢有望于先生，惟日奉纸札，丐先生书。"黄道周是有明一代杰出的书法家，其行书，人称"飞鸿舞鹤"，其楷书"峻厚古拙"，与王铎、倪元璐并列明末三大家。当时的狱卒也知道黄道周的字好，于是每天请他写字，黄道周也不推辞。"先生时时为书《孝经》，以当役钱。凡手书《孝经》一百二十本，皆以狱卒持去。"他在狱中待了约十五个月，平均每月要抄写内容相同的《孝经》，据说看现存的黄道周楷书版《孝经》近十部，无一不是恭谨不苟的作品，可以看出书写者内心的端严庄敬之情，无丝毫草率敷衍。黄道周对《孝经》非常敬重，《孝经大传序》是他重要的代表作。他曾说："臣观《孝经》者，道德之渊源，治化之纲领也。六经之本，皆出《孝经》。"

的确如历来学者所言，孝是黄道周倡导的政治伦理的核心价值，是他用一生竭力维护的道统纲常。有人说他在狱中不间断地书写《孝经》，实际上是一种笔谏，是他的政治宣言。

这种诤谏与宣言，崇祯皇帝未尝不从价值观上认可，但是却不愿意接受施行，原因是其太缓慢迂阔，远水救不了近火。大凡朝廷到了危殆之时，主政者都焦虑急切，犹如答题，不耐烦换算过程，就想直接要个答案。

果然，杨嗣昌病死（一说因事不利，无颜见崇祯而自杀）后，崇祯皇帝又想起了黄道周。《明史》有关于此的细节十分生动：

> （崇祯）十五年八月，道周戍已经年。一日，帝召五辅臣入文华后殿，手一编从容问曰："张溥、张采何如人也？"皆对曰："读书好学人也。"帝曰："张溥已死，张采小臣，科道官何亟称之？"对曰："其胸中自有书，科道官以其用未竟而惜之。"帝曰："亦不免偏。"时延儒自以嗣昌既已前

死矣,而己方再入相,欲参用公议,为道周地也,即对曰:"张溥、黄道周皆未免偏,徒以其善学,故人人惜之。"帝默然。德璟曰:"道周前日蒙戍,上恩宽大,独其家贫子幼,其实可悯。"帝微笑。演曰:"其事亲亦极孝。"甡曰:"道周学无不通,且极清苦。"帝不答,但微笑而已。明日传旨复故官。道周在途疏谢,称学龙、廷秀贤。既还,帝召见道周,道周见帝而泣:"臣不自意今复得见陛下,臣故有犬马之疾。"请假,许之。

可见崇祯皇帝内心知道黄道周虽然一再顶撞自己,但是却怀着一颗不贰的忠心。有人替黄道周说话,崇祯帝就顺着台阶下了。

黄道周的高明,崇祯到底没看出来,黄道周请假告退,别有隐情——他据《易》推演,据情观察,认为明朝必亡,所以退隐故乡,著书守墓。历来有识之士,于此危亡关头,莫不如此。不久,李自成打进北京城,崇祯皇帝于煤山自缢。明朝残余退到江南,新袭位的福王监国,苟延残喘。南明弘光朝,黄道周被任命为礼部尚书,协理詹事府事。短命的弘光朝亡后,黄道周又回到福建。南明隆武帝又封黄道周为武英殿大学士兼吏、兵二部尚书。但是兵权落入另一心怀私利的权臣郑芝龙手中,郑芝龙处处掣肘,黄道周无计可施。

其实准确地说,黄道周已无心与人在朝廷中争权了,他在给自己寻找和等待一个得其所的死法。古之士人,一生无非寻死,寻一得其所之死。士有寻死得其所之心,则文死谏,武死战。这个机会终于来了：隆武元年（1645）九月十九日，黄道周募众数千人，马仅十余匹，带一月军粮，出仙霞关，与清兵抗击。这样一种显然不堪一击的出征，连黄道周的继室夫人蔡玉卿都看出来了，她欣慰地感叹："道周死得其所了！"

黄道周果然毫无悬念地兵败被俘，押解至南京。清廷敬重黄道周博学忠义，派先前已降清的洪承畴劝降。黄道周对洪十分鄙视，作对联讥刺之："史笔流芳，虽未成功终可法；洪恩浩荡，不能报国反成仇。"联中将史可法与洪承畴对比，洪承畴观之羞愧至极。但洪承畴仍然向清廷上疏请求免黄道周死刑。然而，其时气势正盛的清廷也很高傲，不准。黄道周绝食十数日求死。这中间，他的夫人蔡玉卿来信，居然鼓励丈夫死："忠臣有国无家，勿以内顾为念。"意思是家里的事有她安排料理，让黄道周不用操心，以坚其志。

黄道周于南明隆武二年（1646）三月初五就义。被俘之后，曾在家书中留遗言："蹈仁不死，履险若夷；有陨自天，舍命不渝。"在行刑的前一晚，一直跟随他的老仆痛哭不已，其情甚哀，黄道周安慰老仆说："吾正而毙，是为考终，汝何哀？"乃从容就刑。至东华门刑场，黄道周向南再拜，撕裂衣服，咬破手指，血书："纲常万古，节义千秋；天地知我，家人无忧。"随后大呼："天下岂有畏死黄道周哉？"

刽子手刀落，黄道周头断而身犹"兀立不仆"。敛其尸，从他的衣服里发现"大明孤臣黄道周"七个大字。

黄道周死后，家人收其遗物，得一小册，黄道周书，"自谓终于丙戌,年六十二"。可见他是知道自己生死之命的。他既知自己生死,亦知明朝生死,其之所以舍身奋力扛持,无非是完成士大夫的气节,将自己作为一块千古戆头,铺垫在历史的轨道下面。

一百年后,清朝乾隆皇帝为褒扬黄道周的忠节,赐谥"忠端",乾隆帝称赞黄道周"不愧一代完人"。清道光四年(1824),旨准黄道周从祀孔庙——清朝已经不是一百多年前那种铁血杀戮的剽悍初创阶段了,当它步履从容,有了实力和底气的时候,胸怀和眼光使它主动地回顾历史,涵养并容纳如黄道周这样的气节之士,这才是一个王朝最强健的基因。王朝需要这种浩然之气充塞于天地之间,这不仅是自己的体面,更是自己赖以生存和延续的正能量反应堆。

应特别补充的是,黄道周的遗孀蔡玉卿,于黄道周死后,每日以书写《孝经》缅怀其夫。今日存世有黄道周书《孝经》真迹,亦有蔡氏书《孝经》真迹。世人无不爱赏其书法,而欲详问其人其事,则今人鲜知矣。

4 王道本乎人情

赵匡胤嗜酒，没有当皇帝以前，他是后周世宗手下的大将。有一次，他想喝酒，周世宗的一位手下曹彬掌管御酒——曹彬跟赵匡胤关系也不错——说什么也不给赵匡胤酒喝。赵匡胤有点不高兴，说你曹彬这人怎么那么矫情，凭两人的关系，给自己点好酒应该不是问题吧？曹彬说：这是官酒，不能随便送人。赵匡胤说：怎么这么死心眼儿？官家的东西哪儿有个准数？皇帝又不会亲自查验，派人查验也不过是审计一下，将数字对上而已。曹彬说什么也不答应，最后自己花钱买了瓶好酒给赵匡胤。

后来赵匡胤当了大宋朝的开国皇帝，给大臣讲他与曹彬的这个故事，说曹彬这个人的人品非常好——"世宗吏不欺其主者，独曹彬耳！"遂将曹彬引为亲信，极为重用。

这样被人当众不给面子的事情，赵匡胤遇到过好多次。赵匡胤还没有发迹的时候，到处找工作，流落到长武、凤翔一带，见了节度使王彦超，希望能被收留，给份工作。王彦超给了赵匡胤一点钱，把他打发走了。后来赵匡胤建大宋，当了皇帝，将前朝的藩镇节度使都招安在自己麾下，召集他们进京开会，在御花园大摆宴席，隆重招待。宴会上，人人都借着酒兴显摆自己跟当今皇上当年有过什么交情，有的说自己的父祖跟赵匡胤的父祖有什么关系，有的说当年赵匡胤未发迹时住过的那个村跟他家就相隔两个山头。只有王彦超低头喝酒，言语不多。赵匡胤发现了，问王彦超想什么呢，王回答说自己没有什么功劳，不配当这个节度使，愿意卸职，能给皇帝当一个卫士就好了。赵匡胤说以前的事，谁能说得准！王彦超颜色稍缓。赵匡胤玩兴大起，低声问他：那你说说，当初为什么不收留我？王彦超说：我那儿的水浅得跟牛蹄窝里的积水一样，怎么能容得下一条神龙？（"蹄涔之水，安可以延神龙？"）再说，我当时若收留了您，您就不一定有今天了。赵匡胤大笑，还让王彦超继续当节度使。

曹彬为人境界之高，堪称千古楷模。他在徐州当官，手下一个小吏犯了错误，按照规定，要挨杖责。曹彬经过审问，决定先不打这个人，给他把惩罚记下，直到第二年才执行。有人问为什么，大人与这个人有什么关系，还是这个人给了大人什么好处。曹彬说，听说他去年刚刚娶妻结婚，如果那时候打他，可能会让他们家人觉得会不会是所娶新妇不吉祥带来的灾祸，这样对那个妇女就太不公道了，所以"缓其事"。

《礼记·曲礼》云"毋不敬"，可以延伸理解为做事有原则；《左传》曰"必以情"，说的是变通。然非人情练达者，不能得二者之妙旨。曹彬领十万水陆大军平南唐，出发前命令部下将士勿滥杀，为此甚至不惜装病与部下约定。等平定了南唐，立下巨大的功劳，他给皇帝上书汇报工作，非但不夸大自己的功劳，甚至有意说得很平静，奏章上只说"奉敕江南干事回"，即皇帝让自己到江南办的事办完了，现在回复皇帝。返程也没有随大部队奏凯而还，而是一个人租了一条小船，乘风而归，船上只带了一些书。

圣明之君，必然胸襟广大，能识人用人，建立不世功业。曹彬的幸运是碰上了赵匡胤。赵匡胤胸襟宽广，气度宏阔，又极其近人情，正史野史对此皆有许多记载。赵匡胤是从后周得来的天下，立国之初，也有很多不安定的因素，人心还没有完全统一，人们不完全认可他的正统地位。一般的神经质皇帝，此时必采取紧张戒严的治理模式，而赵匡胤并非如此，他反而很放松。一次宴会上，有个前朝后周的旧官员、翰林学士王著喝多了，大声喧哗，乱说话，有些话很难听，甚至直接讽刺赵匡胤。左右很紧张，看皇帝怎么处理。赵匡胤让人把他扶出去休息，这个王著犯了拧脾气，手死死地抱着柱子不肯出去，还往皇帝跟前移，大哭不止，场面很不雅观。第二天有人给赵匡胤上奏道：王著他是借酒装疯，分明是思念前朝世宗，给陛下难堪，应当治罪。赵匡胤没等他说完就打断：什么思念世宗！王著就是喝多了嘛，不许联想。再说了，即便他是思念世宗，也没什么，一个书生，不过思念而已，还能干什么。

赵匡胤登基以后，就给他的子孙立下三条规矩：一云"（后周皇族）柴氏子孙有罪不得加刑，纵犯谋逆，止于狱中赐尽，不得市曹刑戮，亦不得连坐支属"；二云"不得杀士大夫及上书言事人"；三

云"子孙有渝此誓者，天必殛之"。（陆游《避暑漫抄》）

这三条规矩对他后代的皇帝影响很大。比如宋仁宗时期，有一回某官员上奏，说自己手下一个小兵士的胳膊上长了一条龙状的东西。这在过去是严重犯忌的，要是在秦始皇时期，这人不但会被处死，连他家的祖坟都要被刨了，还得灭族株连不知道多少人。官员将这个小兵士抓起来，等候皇帝的处理。宋仁宗闻奏，说：这算什么罪啊！人家身上长了个东西也犯法？将他放了吧。

历来科举，开通了出身寒微的读书人的上进之路，也使朝廷有纳新的机制，让天下的人才有了念想和希望。人主要是要有希望，有念想，这很重要，不一定非要兑换成现实；没希望，没念想，人才进不到体制，就永远没有参与国家治理的机会和希望，即体制将人才阻挡在朝廷之外，这很危险。那些人才和自认为人才的人常常就会成为国家的对抗力量，成为朝廷力量的对抗者和消耗者。所以，科举对于古代中国的稳定和发展贡献非常大。

可毕竟能成功考取功名的永远是少数人，没考取的人难免愤愤不平，这也是人之常情。有一次，成都府接到一个读书人献的一首诗，其中有两句："把断剑门烧栈道，西川别是一乾坤。"这明明是一首煽动造反、煽动分裂、闹独立的诗！典型的反动言论！这还了得？知府将这个人抓了，汇报给朝廷。宋仁宗远在千里之外的深宫，看了奏折，轻淡地批复道：这不过是不得志的老秀才发牢骚，你们不要那么紧张，别小题大做，也别治他的罪；看看有没有司户参军的位子，给他安顿一下，让他有饭吃，都不容易的。

　　迷信权力的人，以为帝王只要会杀人就行。其实，有权杀人而不杀人，才是真行。王道本乎人情，不通人情者，必然自私偏狭，必然没有仁者心怀；虽为帝王，强权在握，刀剑横列，手段狠戾，也不会长久。《中庸》曰："声色之于以化民，末也。"

5 古代帝王下诏罪己

古代有的帝王对日食这种自然现象非常警惕,一旦发生,就认为自己做得不够好,下诏罪己,并且广开言路,让人提意见,以匡正自己为政的过失,类似开展批评和自我批评。汉光武帝刘秀,什么事也没有,每发诏书,先说自己不好,总说自己不够资格当皇帝。遇到大旱,他也下诏罪己,说自己做得不好,使"元元愁恨,感动天气",才导致了大旱。总之,刘秀内心长存慎惧敬畏,至死还留遗诏说"朕无益百姓",不让大办丧事,一切效仿西汉文帝时的制度,一定要简约减省。

北魏太武帝拓跋焘性格豪爽,心胸开阔,最不怕臣下提意见,甚至很欢迎臣下的谏诤。有一年的春天,上谷地方的百姓给朝廷上书,说皇家的苑囿占地太大了,占了百姓太多的田地,请求将其缩减一大半,把耕地还给百姓。大臣古弼为此去找太武帝拓跋焘汇报。古弼一脸严肃地到了皇帝处,却见皇帝与另一位大臣刘树正在心神专注地下棋,两个人都没看见在一旁等候多时的古弼。古弼突然冲上去,打掉刘树的官帽,抓住他的头发猛扯狠拽,又将刘树从座位上拉下来，对他拳打脚踢，边打边大声痛骂：你这误国的奸臣！诱惑皇帝于无聊游戏，荒废国政，让百姓埋怨朝廷，诅咒君上……刘树被打得满脸是血，呼号不已。太武帝拓跋焘见状，连连大叫：住手！快住手！哎呀，都是朕的不是，快住手。古弼这才住手，耐住性子汇报工作。太武帝拓跋焘完全同意古弼的意见，在春耕之前，将苑囿的面积缩减一半，还田地给百姓。

古弼玩了一次"打狗伤主人脸"的游戏，自知自己动作粗鲁，有失礼仪，伤了皇帝的面子，便抓紧将皇帝的决策下发到各部门去执行，然后，他披发跣足，走到纠察官员纪律的部门去请罪。可是，太武帝拓跋焘却说：赶紧穿上衣服戴好帽子，你没有错！今后，凡是对国家和百姓有利的事，你尽管去做，即使像这次一样，颠沛造次，不顾礼仪也没关系。（"自今以后，苟利社稷，益国便民者，虽复颠沛造次，卿则为之，无所顾也。"）

像汉光武帝刘秀和北魏太武帝拓跋焘这样的英明皇帝，愿意接受意见，臣下也敢于提意见，相得益彰，所以国家的气象才蒸蒸日上。居上位者，苟有毫厘之善，在百姓，则有万里之泽，可以说，德政自古见效都是很快的。

宋徽宗赵佶初即位，并不是后世看到的只顾文艺，不管国事，他也很想在政治上大有作为。这一年的三月，发生了日食。赵佶下诏求直言，即征求批评意见。新皇帝刚继位，说不上什么政治上的过失，但是，能下诏求直言，在当时已显疲弱的大宋朝很是鼓舞人心。江西筠州一个类似幕僚的地方推官崔鶠给宋徽宗上书，说：臣听说提意见的道理，"不激切不足以起人主意，激切则近讪谤"，就是说，给上级提意见，不激烈，就不能打动上级的心，而如果激烈，就很像是诋毁甚至诽谤上级了。对此，皇帝要心里有底，臣下才敢说话，因为提意见的人很害怕背负诋毁上级、污蔑领导甚至造谣中伤的罪名。这就是官员们对同僚和朝政钳口不言的原因。人都不敢说话，所以才让那些谄邪之人得到了畅通无阻的发展空间。

崔推官进而慷慨陈词：当今的国家形势，"政令繁苛，民不堪扰，风俗险薄，法不能胜"，问题多得数不胜数，"未暇一二陈之"。皇上您面临的是这样的局面：好多年以来，朝中负责给皇帝提意见的谏官，都不提意见了，有的都变成了歌颂专家；负责纠察百官的纪律检查部门，都不弹劾处理犯罪的官员，对群众的举报置若罔闻，对贪官的处置还不如不处置，因为处置不当，反而会杀伤天下人心对朝廷公正的渴望；至于门下（宋朝中央最高政府机构之一，与中书省、尚书省合称"三省"，负责审查诏令，签署奏章，有封驳之权），负责审核皇帝的诏书，从不提出自己的意见，哪怕是诏书有失当之处，也不加丝毫矫正。这样就使皇帝担负了所有的责任，"天下之恶尽归于上"，即老百姓的怨言都是针对皇帝的，而他们都自以为不尽职尽责，反而是很会做官。（《宋史·崔鹠传》："比年以来，谏官不论得失，御史不劾奸邪，门下不驳诏令，共持暗默，以为得计。"）所以说，问题很多，很严重。但是，主要问题还是在朝廷的上层高官，把这些人的问题处理好了，天下别的事就不算事，会迎刃而解的。

"帝览而善之",宋徽宗听从了地位不高的筠州崔推官的意见,并将他提拔为相州教授。

可是,北宋经过几次折腾,国力疲弱,尤其是打击"元祐党人",动摇了宋朝的根本,使天下真正的俊秀之士无法为国家效力。喜爱文艺的皇帝宋徽宗心思特别细腻柔弱,耳根子尤其软,很喜欢那些谄媚逢迎的奸人,即便是罢斥奸邪,也要左思右想许久。所以,蔡京等人受宋徽宗重用,宋朝兴旺时期的正气一直无法恢复。到了后来才给"元祐党人"平反,毁《元祐党人碑》。可是,人心已经疏离,被平反者的后人反而不愿意朝廷平反,觉得自己的先人被列入"元祐党人"很光荣。朝廷毁了《元祐党人碑》,人家的子孙反而又重新刻上,离心离德,以至于此。宋徽宗的下诏求直言,被称为"建中初政",看着阵势挺大,但没多久,就熄火了。

6　宋仁宗的饮食

对于清宫的逸闻，我最喜读《宫女谈往录》《太监谈往录》两本书，2012年拜见国家清史编纂委员会主任戴逸先生，向先生推荐后者，还寄了一本给他。我并不能考证此书所说是否确凿，之所以认为可信者，以其情理圆备耳。

作者之一信修明是读书人出身，娶妻生子后才净身入了宫；由于他有文化，为人处事圆融得体，很快就成为慈禧太后身边的近侍太监，有时候还给慈禧读书听。他的见识修养和文字功夫，今天的人是不可想象的。我起初也是因为猎奇才读《太监谈往录》，读了之后，认为他写的之所以可信，原因就是情理通顺。这也印证了我对德龄、容龄两姐妹"拆白党"的判断，她们写的清宫逸事都是胡说八道。

比如说饮食，信修明写慈禧太后的饮食起居，并不是奢华不可遏制的，而是按照早就定好的规矩办，丝毫不能逾制。民间传说慈禧喜欢吃什么，哪个菜还是慈禧给取的名字，完全是杜撰，就跟有个相声里说的"东宫娘娘烙大饼，西宫娘娘剥大葱"一样，是民间站在自己的立场上瞎猜，宫中御膳房的厨师都没法准确把握帝后喜欢吃什么。慈禧秉政，即使是大冬天，也得差不多凌晨四点起床。她是老年人，但也得"身乏强起"，不然会被外面的王公大臣议论，说她示天下以怠政。因为她这儿若差之毫厘，到了外面可就谬之千里了。所以，不是位高权重就什么事都由着她。

在以往的朝代也是如此。拙作《尚食志·糟》一文，曾述宋仁宗皇后向吕夷简夫人索糟鱼一事。宋朝宫廷有制度：不得取食味于四方。就是说，京城所在地方产什么，皇宫里基本上就吃什么，不能让全国各地进贡土仪（即地方特产），以免增加百姓负担。

岂止如此，宋仁宗有天晚上肚子饿了，特别想吃烧羊肉，但他忍着到了天明。第二天早上吃早餐，对伺候他的侍臣说：昨半夜里，朕突感饥饿，特别想吃烧羊肉。侍臣一惊，赶紧说：那您就应该降旨让御膳房做呀！宋仁宗摆摆手说：算了！朕听说宫里每有任何要求，外面就当成永例、制度，供应不断。其实，朕当时也想让御膳房来做，但恐怕吃这一回，就让今后每天晚上杀羊成为制度，那就太糟糕了。（"诚恐自此逐夜宰杀，以备非时供应，则岁月之久，害物多矣。"）在场的所有人听了，都高呼万岁！

我们在清宫戏里常见戏中人动不动就端起盖碗茶抿一口，帝后步履所至，茶汤都是跟随着的。事实也的确是这样，内监宫女勤快地给主子递水，哪怕主子不愿意喝，也绝不会怪罪。这点眼力见儿是宫廷内监必须有的。宋朝宫廷似乎就不如清宫那么方便：一次春日游园，宋仁宗中途感到口渴了，他没出声，往左右看，找水喝，但谁也没领会他的意思，就没给他水喝。等回到内宫休息，仁宗急忙对嫔妃说：太渴了，赶紧端热水来。嫔妃一听，赶紧端水。看着皇帝喝水，嫔妃才说：皇上为何刚才在花园里不向内监索水？这帮人也太不会伺候人了！宋仁宗说：朕回头看了几次，没看见随行的烧水镣子（类似带炭炉的热水瓶），就没出声；朕怕一出声，就会有人受处罚，所以才"忍渴而归"。

宫廷禁止向四方索食，但是，外地特产卖到京城，宫中有时候也从街上采买一些。有一年秋天，宫中买来一些新上市的肥美蛤蜊，宋仁宗在餐桌上见了，问：这东西汴京不产，哪里来的？内监回奏：海边来的。仁宗说：要多少钱一枚？内监回：千钱一枚。仁宗惊道：这么贵？内监回：路途遥远，且海物易馁，不易保存，自海边至京城，十不存一二，故颇为昂贵。仁宗说：这一盘二十八枚。朕常叮嘱你们不要过于奢侈，今天这一盘就吃掉二十八千钱！朕可下不了筷子。遂罢。

什么是尊贵？尊贵不是想干什么就干什么，不是有条件干什么就干什么，而是不想干什么就不干什么，有条件干什么也不干什么。尊贵就是自律，自律是比他律更高的要求，更是比刑律更高的要求，所谓"行己有耻""有耻且格"。

中国古代的学问，大都是教养君子之学，君子就是会自律的人，是自己能管束自己的人。地位越高，受的约束越多，主要是自我约束。"刑不上大夫"从另一个角度，我们认为是用比刑罚更高的要求约束士大夫，士大夫一旦刑罚加身，那可就丢人丢大了。

7　美食背后

　　部分中国人的心中是崇尚奢华的，即我要比你吃得好才算我成功、幸福。人心崇奢的深层原因，追究起来，恐怕是人多资源少带来的生存危机感，所以，我一直认为美食背后有深层的吃饭焦虑。前些日子，我买了一台打果汁机——不是榨果汁机，以往的榨果汁机往往是刚买来很新鲜地用两次，之后就不堪忍受用完洗涤的麻烦，遂空置一边。这回买的是连果肉都打成细末的东西，关键是洗涤极为方便，使用起来比泡茶还便捷。所以天天用，也给朋友同事推荐。有朋友和同事网购，同样的牌子却要贵上好几倍，最甚者贵十倍。我笑道：一次打果汁，总共用不到一分钟时间，你非要买全自动、智能等所谓最高档的，其实不过是在最初基本功能上的一点点添加而已，你们心中那种"我的幸福不算幸福，我要比别人幸福才算幸福"的思想，就是商家的利润来源。这就是某些人的心理，我一筷子下去，等于别人十筷子、一百筷子，我能吃到别人吃不到的东西，才算幸福。所以，中国美食的另一面，就是竞逐豪奢。对此，我们需要一种价值观矫正并引导这种习惯。

"夫礼之初，始诸饮食"，中国古圣先贤有关饮食的思想，比如《礼记》中的"十四毋"，都是对人饮食本能的节制和约束，使人吃饭的时候看上去很美。人心惟危，道心惟微，是故贤达者化民正俗于日用伦常之中。

有关曲阜孔府的档案、逸闻中，提到第76代衍圣公孔令贻。有一条说是曲阜人家有喜事摆宴，以请衍圣公孔令贻为荣。可是，衍圣公的差人即代表到，礼到，题写的牌匾或其他题词也到，就是公爷孔令贻本人不到。人不到，但是差人传话：要办喜事的人家给公爷打包送菜过去，而且一定要剩菜，因为公爷就喜欢吃办喜事的人家席上撤下来的残羹剩菜，而且特别喜好都放得有点酸味儿的菜，即曲阜人说的"杂和菜"。孔令贻的女儿孔德懋也写过这个故实，此说当不虚。我去曲阜数次，也屡闻此传说。

浅躁者多以为孔令贻口味怪异，不免笑其富贵之身却有如此卑陋的嗜好。

您道衍圣公孔令贻先生专好这一口剩菜吗？我的理解，不是。您想想，一般人家办喜事，花费已经不少，如果再接待衍圣公，就更不得了了，礼仪排场车马不说，就是公爷公太太以及随行人员也不少，这不都得接待吗？还有，接待公爷一行，那喜事的男女主角不得靠后吗？一天的风头不都得让给公爷吗？动静太大，花销不少。因此说，让公爷大驾亲自出席，就跟搅局差不多。曲阜那么大，差不多天天都有办喜事的，遇到好日子，一天数家、十数家办喜事，公爷能去了这家不去那家吗？因为走不开，没去的那家，脸上多不好看哪！所以，只能是派代表送礼去。但是，办喜事的人家，最喜欢客人吃饭喝喜酒，客人吃好喝好才是事主最大的荣耀。不吃饭，单是差人送礼，似乎有点例行公事、应付的意思，也违背礼尚往来。所以，孔令贻特别嘱咐，专门让人请事主家给他打包，带点自己喜欢吃的剩菜回去。这样一来，深居简出、高高在上的衍圣公，就和蔼亲切、平易近人了。

这就是人情练达。一般人理解不了，那些挖孔令贻的坟、将他的遗体损毁的人就更理解不了了。

人都说雍正皇帝为人峻刻，其实有为的皇帝、清廉的官员，无欲则刚，自然就带着一股峻刻之气。雍正皇帝就很不喜欢浪费。过去人说宰相不亲小事，但是关乎吃饭，就是天下大事，所以雍正皇帝对此管得很细。他给内务府下诏，专门说后宫吃饭剩下的饭菜处理问题，先是说了一些反对铺张浪费的大道理，然后又具体地说：后宫吃剩的饭菜，不要浪费，要打包给保安员、车队司机、保洁员们；他们吃不了的，可以给宠物宝宝吃；宠物宝宝吃不了的，可以晒干保存，给动物园的小鸟吃。

这事，您可以查清宫档案。其原文，我建议中小学生应熟读并背诵。

您可以说这是雍正皇帝作秀，但是这个秀就是作得拨你心中这根弦儿：别浪费，吃不了的，打包。

要是天下百官都这么作秀才好呢！

8 当官不发财，才算本事

褚彦回担任南朝宋的吏部尚书，掌管官员考察举荐升迁大权，自然遥望干求者不绝，找他的人非常多。有一回，有个官员拜访褚彦回，嗫嚅半晌，从袖中取出一块金光灿灿的金饼，咣当一声放在褚彦回的办公桌上。他以为褚彦回会大袖子一盖，顺势就拖到抽屉里去了。

谁知褚彦回平静地问：你这是干什么？

来人忙答：大……人，这不是又要调整官员了吗？下……下官想……

褚彦回一笑：把你的东西收起来！听我说，按照你的才干和表现呢，你本来就应该到那个重要岗位上去，不必搞这一套。国家量材用官，要发挥人才的重要作用，这个基本政策是不变的，不要受那些不正之风的影响。把东西拿回去吧！如果你非要放在这儿，我就只好向上面检举了。

来人吓坏了，赶紧拿起东西就跑。不久，新的官员调整结果发布，那个人果然得到了他想要得到的职务。虽然褚彦回在给官员做报告的时候也举了这个例子，但"终不言名"。后人评价他有原则，也有爱人的度量；也有的评价他人情练达，知道一个人鼓起勇气去给他送东西，也是迫于世俗风气，不能因为这一点就看不到送礼人的才干；也有人说，只有褚彦回这样的人，才能担当吏部尚书这样重要的官职。

王羲之的曾孙王悦之在南朝宋担任吏部郎时，曾有人赠送给他一瓯金饼，他也不要，他不要的理由是：我想要的，比你送给我的要大得多！

什么意思？就是董仲舒说的就大者不取小。什么是大？就是身负重任，享受国之名器，与之相比，发财之类的都微不足道。谁说当官就一定要发财，就一定要比别人过得富裕？当官必发财、只有发财才是成功的，这是谁的理论？当官发财算什么本事？当官不发财才算本事！

同时代的苏琼，小时候跟他的爸爸到边境去玩儿，拜见了刺史曹芝。曹伯伯问苏琼：小朋友，长大了想当什么官儿啊？苏琼说了一句千古名言："设官求人，非人求官。"就是说，官位放在那里，寻找能干的人去担任，哪里有人找官当的？后来苏琼还是当了官。他担任南清河太守的时候，当地有个道人，很会经营生意，以道观为基地赚了很多钱，买了很多地，放了很多高利贷！但是收租、收高利贷却不是那么容易。以前都是道人让当地官员帮忙，派官府衙役帮着收，再不行就强拆——当然不是白帮忙。现在太守换成苏琼了，道人赶紧来登门拜访，把关系弄熟。关系熟了以后，道人总想提自己的要求，比如说苏大人您给帮帮忙，到时候给您留点儿什么的。可是苏琼每次见面就海阔天空地神聊海侃，把道人弄得云山雾罩的，根本就插不上嘴。徒弟问道人：您不是每一任太守都能搞定吗？怎么就搞不定苏大人？道人感叹：苏大人每次跟我说话，都说的是天上的事，从来不谈地上的事。

苏琼也不是刻薄寡恩、不近人情的人。苏琼退休回家，当地人请他尝尝自己种的瓜。苏琼推辞不过，就把那两个瓜挂在房檐下。后来许多人都来给苏琼送瓜，可是到了门口，看见苏家房檐下那两个蔫了吧唧的瓜，就明白苏琼的意思了。

9 谏诤犹如挤粉刺

下对上匡以正言，曰谏。谏，通俗地说就是提意见、批评。居上者，一般不喜欢其下属提意见。凡进谏，皆出于忠心，但常常因为言辞激切而失敬，或因机会场合不当而冒犯长上，所谓"直必见非，谓之靡上。严又被惮，不得居中"（《唐高力士墓志》）。

是故荀子曰："谄谀者亲，谏诤者疏。"总之，一般人不喜欢别人提意见或者批评，这是人之常情。

皇帝处理军国大事，万机之繁，不能不兼听，靠他一个人，再圣明也不一定断得分明。但是，你不喜欢听谏言，是人之常情；别人一般不喜欢没事找事给你上谏言惹你不痛快，也是人之常情。应该说，居上者比居下者更需要别人谏言，需要借别人一双双慧眼。而人为常情所阻，远灾避祸以自保，宁愿钳口不言者居多，怎么办？靠人的自觉是指望不上了，要在制度设置上解决这个死结。所以，设司谏，置言官，专门负责在旁边看，看到偏差过失，及时谏言，同时倾听清议，择善采纳。

宋太祖、宋太宗二朝，励精图治，从上到下，虽有过失，但总体上是奋发向上的。宋太祖听臣下谏言，可以说是每闻谏诤则喜，进谏者无论所言是否切当，太祖都能看出谏诤者的良好用心，即便不予采纳，也嘉奖慰勉之。君臣可谓心心相印，上下一体。也就是说，臣者不是谄谀取媚君上，而是谏诤抗言，上下得心。宋太宗时，"陕西愣娃"寇準常常危辞切谏，有时候说得太宗都生气了，站起来就要走，寇準猛扑上去，拉住太宗的龙袍说：您先坐下嘛！坐下嘛！有啥话咱慢慢说嘛！然后把自己的话全部说完，弄得太宗没脾气。几次这样谏诤，太宗渐渐觉得寇準的意见提得对，于是叹曰：朕得寇準，犹唐太宗得魏徵！

谏言者，一般没有好言辞，即话说得都不好听。所以进谏是件危险的事，谏官是个危险的职业。京剧《法门寺》里民女宋巧姣有深冤，地方官不作为，太后进香时父亲陪她去拦銮轿鸣冤告状。她父亲见皇家威仪前呼后拥，有点害怕，劝女儿道：咱这状不告了吧。女儿说：上刀山下火海也要告。父亲说：民告官可有罪！宋巧姣唱："明知道深山有豺狼虎豹，难道说断了那过往渔樵！"这两句过路的唱词，一般演员唱得并不用心，随口就带过去了，但是这两句词真可谓"近乎道矣"，把很多事情都说清楚了。谏诤者也是这样，明知道提意见会惹上面不高兴，让人生气，自己绝不落好儿，但是，有意见不提，犹如青春期的脸上有粉刺不挤出一样难受，非说不可。儒生给秦始皇谏言，去一个杀一个，一连杀了二十七个，谏诤者前赴后继，残暴的秦始皇自己心里也发毛了。他举起屠刀之时，在内心里其实已经被谏诤者打败了。

谏诤者并不是专门找别扭，正如亲近者并不是一味地谄谀阿附一样。谏诤者是用一个类似客观的道理、标准，来比照指出君上的过失。宋真宗其实是个不错的皇帝，但是做错了一件事，这件事说严重点儿，可以说是宋朝命运的转折点。他被阴险狡巧的王钦若忽悠，王钦若下了一盘很大的棋：绑架皇帝以排除异己。真宗承继太祖、太宗两朝积累的雄厚成就，又在寇准的辅佐下，与契丹签订盟约，以经济援助的方式，了结了两国历史性的敌对关系，使两国一百年无大的冲突，因此志得意满。王钦若说这一切都是上天的安排，皇帝应该去泰山封禅谢天。真宗不像太祖太宗那样吃过苦，所以性格活跃。人家说他功德全备，应该学史上谁谁去泰山封禅，他就心里痒痒得不行，想去。谁知道一答应就被绑架了——皇帝的决策就是十分重大的决策，不能随便更改。否则惹天下耻笑事小，让天下人从此内心深处轻君即鄙视君上，问题就严重了。要封禅就要有许多舆论准备，于是在王钦若的安排下，一会儿哪儿又降甘露了，一会儿哪儿又出瑞兽了，一会儿哪儿又开奇花了……反正，自从真宗想封禅，大宋朝天南地北所有的祥瑞征兆都攒堆儿似的出现了，跟约好了一样。

宰相王旦一开始明确反对真宗这样好大喜功。一天，真宗赐给他一大瓶酒，很沉，说：回去跟你老婆孩子共享吧。他抱回去打开，里面装满了珠玉宝贝，他明白了，皇帝要封禅，先封他的口。从此王旦不敢反对了；不但不反对，慢慢地，作为宰相，那些迎祥瑞、接天书之类的事，他也不得不去主持操办。王旦为此内心很痛苦，临死的时候命儿子将他的头发剃了，以布衣装殓薄葬，以表示自己这辈子没有能成功向皇帝谏言，阻止皇帝封禅，在道义上是重大亏欠。王旦此举，不失士子本色。

另一位臣子孙奭，一开始就严词反对真宗封禅，数次上疏，激词切谏。每当朝廷媒体公布有什么祥瑞出现，比如黄河水变清之类，孙奭就上言激谏。孙奭明晓经史，博古通今，他的言辞之激烈，今天读来仍让一般人胆战心惊。读孙奭的谏章，我觉得当今写时评言辞再激烈也激烈不过他，那些动不动就说谁写文章言辞刻薄啦，写文章太损人啦，等等，属于缺少文化，没读过古人的谏诤文章。现在的人写文章再激烈，再损，也比不了古人。

可是，真宗皇帝让人赞叹之处就在于，他对孙奭谏诤章中所说的那些难听的话一点都不生气，那些在别的皇帝看来都够杀八百回头的文字，真宗皇帝全部容忍了。

其实宋真宗让王钦若、丁谓等操办封禅大事，没多久自己都后悔了。但是，马到临崖收缰晚，开弓没有回头箭，皇帝不能朝令夕改，太不严肃了，让天下轻之，问题更严重。自古绑架君上以伸己意者，都是利用了皇帝这个心理。所以，真宗内心知道孙奭等人的话是真话，只是一时不能正面采纳。

自古士子入仕当官，文死谏，武死战，是为忠诚，而绝不是在庙堂上分利益，勾兑关系，给自己谋身家。孙奭等冒死谏言，其实是对朝廷有信心。凡是对朝廷抱有希望和尊敬的，都愿意上谏言给它，批评它，指摘它。否则就随便它死活，自己顾自己——宋朝宰相富弼政治上遇沮，退休回洛阳老家后学佛，整天和和尚混在一起。陕西蓝田学子吕大临给富老写信，严词谏曰：您作为一个士大夫，能在庙堂上为国服务则服务，即使退居林下也应当教化乡里，怎么能置圣人义理不顾，学佛自了？您这样做是表明儒家思想不够深远广大；跟一般的浅薄读书人一样，一旦受挫折即脱儒，不入于庄则入于释，我认为您这样做是错误的。富弼读罢信，深谢之。

至于说为文，今人观所谓批评文字，动辄指其戾气，什么语言暴力之类，这都是因为没有读多少古人的谏诤文章。今人议论文字，以疲沓无骨为周全，实则绵弱无神采，说了不如不说。然而习惯已久，文章偶有气象者，读者先受不了，认为你狂躁不安稳，你语言暴力。以至于视批评为骂人，呼作者为愤青。我倒是认为，今人想学欧阳修之为文温纯雅正、蔼然仁者气象是学不来的，倒不如先反过来，学学古人的谏诤之词，或许可以为今人文字涵养一点正气。

10　清末军机处的那些事

清末，庆亲王奕劻主持军机处，一次有事急召湖广总督张之洞到军机处议事。其时，张之洞以其能力、实力逐渐为清廷所倚重。作为封疆大吏，他的地位显然要高出同级的其他总督。张之洞疾驰入京，到了军机处门前，其他几位军机大臣早已等候多时了。但是，张之洞却在门口台阶下面，端立不言，唯向上面拱手而已。

众大臣不知道这是为什么，庆亲王奕劻急了，隔着窗户喊：张大人，您这是干什么？快进来呀！都等着您了。

张之洞面带微笑，冲着奕劻拱手施礼，含笑不语。这时候，另外一位军机大臣，就是那个相貌特别像英年早逝的同治皇帝，为此慈禧太后特意赏了一座别墅给他的瞿鸿禨，猛然醒悟过来，赶紧邀请庆亲王奕劻、军机大臣鹿传霖一起走出军机处，来到台阶下，与张之洞一起站在那儿商议国家大事。原来，清世宗雍正皇帝曾经给军机处贴了一张字条，圣谕：军机重地，有上台阶者斩。这个重要字条当然是当时科考仕进的读书人和朝廷臣工都应该熟悉的，但是时间太久，一百多年过去了，很多东西都被淡忘了，只有饱学博闻如张之洞、瞿鸿機这样的人还记得。由此可见，张之洞身为朝廷栋梁，却丝毫没有恃宠骄横，反而非常严整端饬。

这同时说明，军机处在清代有多么重要；也说明在晚清，朝廷形势变得多么混乱：连庆亲王奕劻都不懂规矩了。

冬天，那些军机处的官员，所穿棉衣棉袍，有的很旧了，"脱毛露革"，很不体面。四川人、军机章京高树穿着这样的袍子上班，被庆亲王奕劻看到了，问：这是什么貂皮？庆亲王奕劻这样问，就跟晋惠帝听说老百姓饭都吃不上，问"何不食肉糜"一样。高树不便回话，另外一位大臣铁良回话：王爷，他穿的不是貂皮。庆亲王奕劻听了，沉吟道：同僚们辛苦啊！（"贫可知矣！"）于是他让相关部门统计一下，给每个人发了120两银子的生活补贴。

这说明，军机处作为清廷权力要枢，即便是到了腐败丛生的清末，那些读书人出身的军机大臣和章京等，也不随便贪贿自肥，生活可以说比较清贫。若说带着女朋友，到外地度假，那是不可想象的。

时京城闹义和团，慈禧想利用义和团制约洋人，国事日非，形势越来越复杂。朝中大臣有阿从慈禧者，多是满洲利益集团。当时围攻使馆已经成为朝野共识，是时已经查处了许多主张温和处理与各国危机关系的大臣，谁也不敢说违逆慈禧的话，军机处也不敢。唯独政务大臣王文韶上书军机处，力陈各国使馆不可围攻。王文韶的奏疏，先由端郡王载漪审阅，军机处的章京们感觉王文韶这一回是寻死来了，谁知道王文韶和大家谈笑自如，还说几个新段子惹大家笑，丝毫没有焦灼不安的样子。果然，端郡王初读王文韶的奏折，心想王文韶这个人真该杀。等读到最后一句"如以为臣荒谬，臣实不敢胶执己见"，即我把话都说完了，你们还不听，我坚持也没用，就随你们的便吧。端郡王长叹一声，并没有怪罪王文韶。

庚子年诸国侵占北京城，慈禧、光绪逃亡，军机处官员四散，有的官员流落京城。当时城里缺少粮食，官宦之家也缺米无炊。军机章京高树到市面上，找了一个卖烤白薯的摊儿，买了两个白薯站在一旁吃。一抬头，看见其他几个同事也在买烤白薯。几个人见了，相互开玩笑指责：堂堂军机，居然在这里与老百姓争吃的！

"流水落花春去也"，你心再好，对命中注定要灭亡的东西，再怎么折腾也是没用的。清末的科举考试，名额数量和录取标准有意偏向边省，招揽边疆的人才，以笼络边疆人心。四川举子骆成骧（字公骕）博学精思，在1895年的殿试策对中，他以古论今，针砭时弊，从治兵、会计、节俭、农事等方面提出四项自强之计，其中还有"主忧臣辱，主辱臣死"等语，深深地打动了正欲变法革新的光绪帝，特钦定他为头名状元。骆成骧中状元后，被授予翰林院修撰，参与过京师大学堂的创办，主考过贵州和广西的乡试，还曾为四川大学的筹办积极奔走，终其一生，都在为强国强民而努力。

辛亥革命爆发后，山西省各界联名吁请清帝逊位，时任山西提学使的骆成骧也参与其中。当隆裕太后看到这个联名奏表之后，哭着惊问道："骆某亦谓当如是耶？"当年曾说"主辱臣死"的状元公都已不再力保朝廷，便可知道大清灭亡的命运已不可挽救了。

慈禧太后在颐和园建造了一座石舫，清亡以后，前朝军机章京高树春日到此游玩，遇见了他的同年、前朝状元张建勋（字季端）。湖光山色依旧，回首前尘，物是人非，张状元突然说了一句话：亡国非我辈之咎，公以为然否？高树笑而不答。

11　顾命大臣的命运

南朝刘宋开国皇帝刘裕，取司马氏而代之，有所作为，历史上对他的评价不低。刘裕临死前，将国家的命运委托给徐羡之、檀道济、谢晦、傅亮等朝中重要又忠心耿耿的大臣，让他们尽心辅佐17岁的皇长子刘义符继位当皇帝。

徐羡之等人作为顾命大臣，尽心尽力。但是，作为皇二代的刘义符非常不争气，从小就贪玩儿，对他来说，什么事也没有游乐重要。这孩子应该说幼年失教，早就废了。但是，刘裕老皇帝犯了一般人都会犯的错误，"莫知其子之恶，莫知其苗之硕"，自己看着自己的孩子什么都好。所以这孩子从小因缺乏管教，养成了骄奢淫逸的性格。其实他也并不十分恶，甚至还多情，又聪明得很。聪明透顶了，谁劝说也劝说不动。他爹刘裕刚死，正在居丧期间，他就玩疯了。他特别喜欢搞水上游乐项目，搞大型文艺演出。当时歌舞伎们创作歌曲全是那种亢奋的、昂扬的旋律，歌手们一听到前奏就大睁两眼，大掰脸盘子，七情上头地仰着脖子深呼吸，仿佛承担了八百万吨的赞美似的。刘义符要求大型文艺演出一定要整齐划一，像刀裁一样地整齐，谁出错谁就是对皇帝大不敬，是很严重的犯罪。刘义符还喜欢跟女演员在一起，喜欢将女演员接到后宫，不分昼夜地过着荒淫无度的生活，连边境上有了战事他都不管不问，军队打败仗了，他也不管。

眼看着少年皇帝这样玩下去，非出大乱子不可，几个自认为肩负着先帝重托的顾命大臣非常忧虑。忧虑的结果，决定废帝，换人！先帝刘裕有的是儿子。

刘宋景平二年（424）五月的一天，天气炎热，少帝刘义符到华林园避暑。爱玩的他居然在皇家华林园造了一条商业步行街，自己穿着汗衫短裤像个小商贩一样，做小买卖，跟人讨价还价。他又跟左右那些佞臣一起，划船取乐，尽兴玩乐了一天。傍晚时分，又乘坐龙舟来到天渊池寻开心，看表演，一直玩到后半夜，之后去吃宵夜、喝酒，最后居然在龙舟上抱着女演员睡着了。

次日凌晨，檀道济、徐羡之、邢安泰等人趁刘义符还没有起床，带军士闯入，杀掉刘义符的两个内侍，厮杀中还砍伤了刘义符的手指，收缴了皇帝的玉玺和一切文书印信等。刘义符被废了，先帝刘裕的另一个儿子刘义隆被推上了皇帝宝座，是为宋文帝。不久，为了让新皇帝刘义隆彻底放心，邢安泰把废帝刘义符杀了。

按说，作为既得利益者，新皇帝刘义隆应该对扶他上位的檀道济、徐羡之等人感恩才对。可是，不久这些人都一个个被刘义隆以犯"弥天大罪"为名诛杀了，诛杀的过程被记录在正史中，比影视剧的镜头还惨烈血腥，令人读之齿震魂飞。

史上顾命大臣的命运大部分不好，得善终者非常少。大约一般人对皇帝有恩，难免内心会滋生矜骄；内心有矜骄，没法不流露出来，这就无疑为朝廷和皇帝敛怨聚恨了；身为顾命大臣，权倾朝野，天下无不揣测其心意，多有逢迎巴结者，而自己但凡稍许流露出对这种逢迎和巴结的接受，就形成了分解核心权力的状况，这是对皇帝最大的威胁。顾命大臣与皇帝的关系，多数是利益关系，所谓以利交者，不要说利尽交绝，利壑难填，就是利衰亦交绝怨生，是以君臣之间，极其容易产生嫌隙、猜忌，祸根由此而生。其实刘裕在给儿子安排这几个顾命大臣的时候，也是进行了精心挑选的，明面上颁布诏令曰："后世若有幼主，朝事一委宰相，母后不烦临朝。"私下里对儿子交底："檀道济虽有干略，而无远志，徐羡之、傅亮二人当无异图。谢晦数从征伐，颇识机变，若有同异，必此人也。"其实从根本上，还是不放心。先帝不放心，继位者心里就留有余地。

还有一个原因，有作为的新皇帝，即便是顾命大臣扶保上位的，也不愿意担此让人扶保的名声，总想找机会用自己的方式向天下表明自己更有实力，更配得上皇帝的身份。所以，顾命大臣往往就成了皇帝试刀祭旗的牺牲品。换别人来祭旗，就像打麻将一样，还真凑不成这一副牌，非得顾命大臣这样的不可。这简直就是顾命大臣的宿命。

人情一理，一般来说，老皇帝临终前，找可靠人托"六尺之孤"；即便如此，皇帝们也还是在依依不舍中，含恨狐疑地死去。刘备对诸葛亮那么信任，到了临终托孤，还是对诸葛亮说了一句令其胆战心惊的话：您若看小刘禅不顶用，您就取而代之吧。刘备临死这么将一军，把诸葛亮吓得差点没在刘备面前死去。

以诸葛亮的智慧，是不会利令智昏地矜骄专权的，反而非常居卑谦下，对后主竭尽全力地辅佐，鞠躬尽瘁，死而后已，保全了自己的千古名节与后代身家。

还有一个人，可以说比诸葛亮还伟大，是史上最成功的顾命大臣，他就是周公姬旦。周公姬旦受命摄政，辅佐成王，制礼作乐，建章立制，开创儒学千古基业，天下归心，其功之伟，自不必赘述。

周公和诸葛亮作为顾命大臣，之所以成功，原因就是他们心中不怀偷与私，即所谓光明正大、天下为公。无论是英武的周成王，还是暗懦的刘禅，都能感觉出来，所以他们在辅佐皇帝和造福国家的同时，也保全了自己。

12　一辈子就为了得一个好死

楼下开了间茶馆，主人是位大姐，招呼我路过品茶。喝茶闲聊间，问大姐贵姓，大姐说姓罗，老家是中原人——客家人自我介绍喜欢说自己祖上中原、郡望何处。我开玩笑说：那您就应该是隋唐罗成的后人。罗姐笑答：说不准。旁边有人搭话：罗成？他死得很惨哟！我想此人大约看过《隋唐演义》。罗姐正用公道杯分茶水，正色道：你认为人家死得惨，可人家不这么认为，人家家里人也不这么认为；我跟你说，古人啊，一辈子求的就是一个好死，就是死得有意义、有价值！

举座闻之肃然，敛色而敬。

我曾在北京拜谒文天祥祠，小院寂寥，秋风瑟瑟，落木萧萧，思文丞相之死，令人感奋。其时元兵凶猛南下，攻下临安，俘年仅五岁的恭帝及谢太皇太后等，押解北上。文天祥与张世杰、陆秀夫等效北宋靖康事，先后拥立宋宗室两个小王为帝，即端宗与少帝。崖山决战，宋败。见大势已去，陆秀夫对八岁的少帝说：德祐皇帝（恭帝）被俘押往元大都，受尽侮辱，皇帝您不能再落入敌人手中了,"义无再辱",臣必须和您一起死!言罢背负少帝蹈海。张世杰领军战斗至最后一刻,亦无憾而死,他的外甥投降元军后来劝降,被他骂回去了。文天祥被俘,押解至元大都,元帝一直想诱降他,因为虽然天下被快马弯刀拿下,但血雨腥风之中,仍未完全安定,如果能有一个宋丞相文天祥主动投降,再委以元朝丞相之职,那将是整个宋朝被征服区域的绝妙形象代言人,胜过百万蒙古骑兵艰苦征战。但是,元主失算了,文天祥誓不为所动。元丞相孛罗亲自劝文天祥,许以富贵尊荣,文天祥嗤之以鼻。孛罗怒而讥讽:你们立了两个小皇帝,不是没有成功吗?文天祥说:立皇帝是为了保存社稷,有皇帝在一日,为臣的就尽一日责任,管什么成功不成功呢!孛罗冷笑:明知不能成功,还费这些功夫干什么!文天祥答:你们哪里懂仁义之道——就像父母得了重病,虽然不一定治得好,但是做儿女的怎么能不为父母延医问药?尽儿女之义罢了,如果真是救不了,那就是天命。今天我文天祥就等着一死,不要再废话了!其气凛然,挫折了孛罗嚣张之气,感撼了千古士子之心。

当时为宋室殉难者,单是崖山一役,就有百姓官属十余万人,海上漂浮的尸体绵延数十里。元兵攻占一城,见城无虚井,皆被自杀殉国者的尸体填满,其状甚骇。衡州被元军攻击甚急,将破,知州尹谷却回家从容为两个儿子举行冠礼。守军将领斥责:此危急时刻,你还有心思行此迂阔之事?尹谷从容答:我正要让我的儿子以成人的身份去地下见自己的先人。礼成,举家自焚而死。潭州知州李芾抗元，受伤力竭，郑重委托一仆：我应当死，家人也不能受侮辱，我命令你把我的家人都杀了，最后杀我。元军攻入福州，抓住知军陈文龙，逼他投降。陈文龙不惧，摸着自己的肚子说：这里装了一肚子节义文章，你们就别逼了，没用！陈文龙被押送到杭州后绝食而死，他的母亲很欣慰：我能跟我儿子一起死，又何恨哉！

像这样震撼人心的死，举不胜举。

谢枋得在宋亡后，隐藏在山中，侍奉老母，直到母亲去世。元帝用武力取得整个中华后，急需能治理国家的人才，就想起用汉族读书人和前朝的官员。有个叫魏天祐的投降官员诱降谢枋得，以讨好元主，被谢枋得凛然斥骂。魏天祐被骂急了，讥讽谢枋得：封疆大吏当誓死保卫自己的疆域，你为什么没有在你任职的安仁被攻陷的时候就去死？谢枋得鄙而耻笑之：春秋时程婴、公孙杵臼皆忠于赵，一个死于十五年前，一个死于十五年后，千古之下，谁不知道他们都是有名的忠臣？王莽篡汉十四年后，龚胜不买王莽的账，终于饿死，谁不知道他是千古忠臣？骂得魏天祐无语而退。元帝命人将谢枋得送到大都，谢枋得到了大都，先问被元军俘虏的谢太后的棺木停所和宋恭帝所在，之后对着他们所在的方向大哭行礼，表示自己绝不投降元朝。他在遗书中说：元朝新建立，你们搞你们的，我是宋朝孤臣，就只有一死了；我当初为什么不死，原因是我有九十三岁高龄的老母亲在堂；今年二月，我的母亲去世了，我安葬了她，现在我没有什么事了，可以去死了。

元朝许给宋朝那些大臣以富贵，希望他们能投降。但是，文天祥、张世杰、陆秀夫、谢枋得等人，宁愿死，也不接受。他们就等一个死，而投降是莫大的屈辱，受辱而富贵，士君子不屑。

其实早在二十多年前，谢枋得通过观察社会，以天象人事推理，觉得大宋朝的气数快尽了，估计宋在二十年后会灭亡。但他为什么还要出来做大宋朝的官，辅佐宋朝的皇帝呢？这就是古代士君子的气度，明知不可为而为之。因为社稷一日在，就需要有人延续文明，宣扬仁义，服务黎庶，这是读书人的使命。后人评价说：但信大义于天下，而不以成败利钝论。

士君子以死殉道，在古代不是话题，但在今天却是个不容易理解的话题。今尚利者，有奶便是娘；古尚义者，不合仁义不如去死。有人之于利，屈从妥协而得之亦无不可，以至于有所谓"妥协的艺术"之说，"成功有赖情商"之说，等等。生存至上，故今日天下不屈之心少。

当初赵匡胤取后周而代之，后周负责保卫京城的副将韩通，明知势力不敌赵匡胤的大军，仍欲强力抗阻，被军校王彦升拦截并杀了全家。后赵匡胤坐稳江山，反而追谥表彰厚葬韩通，治王彦升擅杀之罪，后经群臣劝阻，只给王彦升一个很重的处分，但他基本上是彻底被封杀了。为什么？因为一个朝廷，在取得政权的时候，要靠杀戮和招降等方式，但维持政权，却需要人有不屈之心，即国家的正气要靠不屈之心来支撑。读书人、士君子自身有各种各样的毛病，汉武帝说："士或有负俗之累而立功名。"就是说，要能谅解他们的毛病和缺点，在关键的时候，他们最有大义不屈之心。招降前朝之人,许以富贵,是为了减少取得政权的代价和成本,而国家涵养尊重士人不屈之心,让士人受国恩,即是增加别人取代江山的代价和成本。所以,一旦江山大定,必须施仁义于天下,使人归心向化。即便嗜血好杀的元朝皇帝,在随后的治理中,也广招天下士子而用之,意在化夷为夏,变血腥为书香。无奈其征战杀伐的惯性很大,一时难以扭转。虽有此心,但起初杀人太多,将天下士子搜刮杀尽,将文弱的宋朝几乎连根拔起,令后人有"崖山之后,再无中华"之恨;亦传说东瀛得知元灭宋,"举国茹素",哀悼这个当时世界上最先进的人类文明死于马刀之下。元朝因为不以仁义养士,或者说还来不及养士,当它也需要人扛顶的时候,自然无人应答,故奄忽而亡。

胡林翼平太平天国,历尽艰苦。他在给弟弟的信中说:清朝怎么了?"十年之间,四次造反。贼胜则举国庆贺,贡献不绝;贼败则士子掩袖而泣,农夫辍耒而叹。"胡林翼深深明白:读书人、老百姓,被清朝伤心伤透了,极其失望。他们不管造反的是什么人,都将自己寻求变化的愿望寄托在造反者身上;不管社会出现什么乱子,在他们看来,横竖都是朝廷的错。朝廷人心大失,世人各怀不靖之志,平居造谣,借故生乱,基层吏役错打一个人,也被夸大成很大的局部事件。当此际,哪怕百姓所心仪的造反者根本就成不了气候,也根本不如当时的朝廷,但造反却象征了变革的希望。老百姓恨不能让造反者得逞,就像蒙着眼睛着急嫁人的姑娘一样,即便所托非人、跳火坑,那也是以后的事,眼下匆忙间跟流氓私奔了也无妨。

一个朝廷,最悲哀的就是没有一群倔强不知变通的读书人为之死扛硬顶,使其在将倾未倾之际获得不屈之心的扶持担当。尽管这不屈之心最后很可能改变不了结果,但有一群人愿意为你去死,你就不会死得太难看。简单地说,就是有了像文天祥这样的人为你去死,你才死得体面。

13 当官要随时准备说：我不干了！

自古为官者，无非两种人：一种是不粘锅式的，或者叫溜肩式的，他们明哲保身，潜身缩首，苟图衣食，什么事也不承担，善于踢球推卸责任；一种是危身奉上，万死不辞，担当公义，不惜自己受挫折倒霉的。前者人多，则社会风气为之大坏，致江山社稷于腐朽颓毁而无人扛持；若后者人多，则社会正气充盈，虽有困难，亦呈现兴旺气象。后人评价东汉末年之衰败，之所以将倾而未倾，皆因士大夫之勠力担当扛鼎之故。

宋朝魏涛任沂州知州时，有两个人打架斗殴，其中一个受了重伤。魏涛审理此案，让受伤的人先回家去。但是，伤者回家很快就死了。死者的儿子向监司投诉魏涛。监司调查，对魏涛很不客气，说话很不好听。魏涛也火了：我这个官可以不做，案子绝不能乱判！后来，再经仔细审查，原来是伤者回家时坠马而死，邻居都出来做证，使得案情大白。

宋朝周敦颐任南安军司理参军，是个小官，这个小官还是因为他在别处办案得力被提拔得来的。有个人犯罪，其罪不当死。当地最高领导王逵行事很霸道，酷烈残暴，还动不动辱骂下属，即便副职也照样骂，谁也不敢跟他争论。周敦颐却跟他争论说这个犯人罪不当死，王逵说民愤极大，一定要杀，还对周敦颐口出恶言、骂骂咧咧的。周敦颐火了，把辞呈朝王逵的办公桌上一拍，说：这官当得真没意思，杀人以取媚众人，我不干了！一向没人敢与王逵抗辩，周敦颐这一拍，把王逵给拍愣了。他后来有所醒悟，就没有再胡来。

所谓危身奉上，万死不辞，就是随时准备说：我不干了！有了这个心胸，办事就不会瞻前顾后。

唐朝徐有功几十年都过着这样的日子。武则天疑神疑鬼，认为唐朝老臣们总在背后算计她，因此经常派特务酷吏乱抓人，设冤狱，制造恐怖气氛。徐有功任职司法部门，但是，绝不当武则天的打手，凡案件到了他手里，该怎么审理就怎么审理。武则天再给他下旨意，写条子，也没用。因此徐有功经常被武则天的红人周兴、来俊臣等陷害。陷害归陷害，徐有功就是不吸取教训。

武则天对徐有功说：你们司法部门的天职就是配合皇帝的工作。

徐有功说：既然让我当这个司法官员，我就按照司法的程序办事，守正行法，否则，案件都按您即兴所说的去办，那还要法律干什么？要司法部门干什么？我知道我这样做将来会死得很惨，可我还要这么干，没办法，这就是干司法的命嘛！除非您不让我干。

武则天斥责道：别把自己说得那么高尚！你办的案件也不是百分之百公正，我看就有不少失误之处。

徐有功说：失误一定有，但有意制造的冤案就不是失误，而是枉法。再说，臣下的失误是臣下的小过；不滥杀无辜、不制造冤案可是当皇帝的大德哟！

这话气得武则天当场将徐有功削职为民。

后来，徐有功又有两次被起复为官，但也因为他一贯的性格，两次都差点被武则天杀了。每次他被绑着押赴刑场，一点都不惊愕，表情很平静；到了刑场，即将行刑，武则天又悔悟，将徐有功赦免。徐有功获大赦，一点也不惊喜，表情很平静。徐有功就这样跟武则天玩儿推手功夫，几十年险象环生。武则天最后终于接纳了徐有功的性格，认为徐有功才是对朝廷、对国家真正有用的人。

其实武则天应该一开始就知道，徐有功这种读书人出身的官员，心中有个信念：君子不器。所谓"君子不器"，就是要"卫道"，要"吾道一以贯之"，而"不要被别人当枪使"。

14　古代官员的退休生活

明朝正统年间，有一个叫韦广的人，官居御史，为官很清廉，有非常好的声誉。他退休后回到老家，过着很俭朴的生活。当年的老部下出公差路过韦广的老家，要去拜访老领导。韦广听说来客人了，愁啊！没有什么好东西待客，怎么办？最后韦广决定亲自驾小舟到江上去捕鱼。鱼还没捕到，客人们就要到了。客人虽曾是自己的部下，毕竟是现官，朝廷有制度，出入不能失了礼仪和体面，所以一路人马仪仗，动静不小。韦广远远地看见人马喧嚣，就知道是客人们快到了，鱼也不捕了，赶紧登岸，抄小路往回跑，翻墙回家，慌忙找出整齐一点的旧衣服换上。等客人登门了，韦广已经忙活得满头大汗。客人关心地问："老领导，您为何满头大汗？"韦广从容说道："哈！刚才我到邻村去了，听说你们来了，急忙赶回来，所以那啥……"随从中有几个人偷偷地咬耳朵："装啥装？这不是刚才我们在江边看到的那个蹲在小船上捕鱼的老头吗？"这帮小子诡秘地做鬼脸，笑了。

关系非常亲密的老部下低声问：老领导，您怎么退休后的日子过得如此清贫？这会影响后辈学子们对前途的信心。为了朝廷的体面和官员队伍的形象，您看我是不是回去后将您的状况奏明皇上，考虑一下官员退休的待遇问题？

韦广连连摆手：千万别这样！圣人云："士志于道，而耻恶衣恶食者，未足与议也。"自古以来，读书人仕进做官，图的就不是荣华富贵，而是以清俭为乐。你看我虽然退休了，日子清贫，但心里很快乐，因为我在为官期间，没有违背作为一个读书人的操守，没有故意侵害老百姓，给朝廷惹麻烦。为官期间的失误不可能完全没有，但我没有故意去颠倒黑白，所以我内心很逸乐。再说，你看你们这些当年的老同事，还经常顺路来看我，我的这份荣耀不小了，当地很多年轻的学子都很羡慕我。如果朝廷给我这种退休的官员太高的待遇，那就是示天下以利，使读书人当官求利的欲望彰灼，这是很不好的。

其实，咱们都知道，当官发财是很容易的。但这算什么本事？当官还不发财才是本事哩。一般人对退休后的生活有太多的期待，甚至有过多的物质需求，都是内心不安静的缘故。士大夫居朝则辅弼君王治理天下，退而居乡，则当以身作则，以圣贤言行教化乡里，垂范后来。如果退休后过上安逸奢华的生活，仿佛进了安乐保险箱，国家的兴衰都与自己的待遇无关，这等于给人一个提示：这才是一生的追求，这才是一个人的成功。而这是很违背圣贤之道的，这不是咱们这种人的追求。其实天下的读书人都应以清俭为荣，以奢华为耻，每个退休的官员，尽量追求过平淡的生活，而不是报复性地索取,好像自己在任上作出了多大贡献似的。你更应该多想想:因为你曾经占据了某个职位,可能使国家的事业没有获得更恰当的人选,甚至阻蔽了另一个人才的进步。消耗民脂民膏而不惭愧,这是不应该的。官员退休后,不恃功邀赏,不刻意索取,则百姓的负担就轻,天下就没有太多因负担过重带来的怨气。这样,大家不都很安乐吗?这样的安乐是物质能换来的吗?

所谓"德不孤,必有邻",韦广同时代,就有不少像他一样的人。据说陈孟贤的同僚们觉得陈孟贤的生活太清苦了,给他编了个段子。段子中说腊月二十四日,各家灶神上天去玉帝那儿报到述职。灶神们个个一身黑衣拜见玉帝,只有陈孟贤家的灶神是一身白衣。玉帝问:"小同志,大家都一身黑,独你一身白,怎么这么另类?"陈孟贤家的灶神就哭了:"别的大哥所在人家,天天生火做饭,过人过的日子,所以他们一个个自然而然地都给熏黑了。小臣在陈孟贤家的厨房灶台上趴了整整一年,他家除了三餐以外不请一客,我想黑都熏不黑呀!"

陈孟贤还不算最清寒的,有个在朝廷当供奉官的罗承嗣更典型。传说,冬天,他的邻居总是听到隔壁老罗家击物声不断,以为歌伎住在隔壁,晚上在家练唱歌呢!问题是练歌也不能整晚都练呀?邻居很纳闷儿:会不会是罗家私造兵器,要造反呢!纠结了很久,终于有一天忍不住,将墙壁凿了一个小孔,偷窥罗大人家。不看不知道,一看,邻居眼泪都下来了:罗大人一家哪儿是唱歌或打造兵器呀,是全家冻得,跟上了发条似的不住地牙齿打架呢!传说虽有些夸张，但罗大人家的贫穷却是真的。

与韦广不同时代的人，比如北宋退休的宰相、韩国公富弼，享有很高的声望，退休后几乎不见任何人，不给任何人关说、办事。他说：凡待人无贵贱贤愚，礼貌当如一。我当官数十年，亲友故旧很多，如果见这个不见那个，"非均一之道"；如果都见，则我的身体又吃不消。他想外出散心，就自己骑毛驴，没有仆从跟随。有一次外出，半路上遇到一个现官的车队，富老躲避不及，又没有及时下驴，被前面开路的隶卒呵斥：你是谁呀？没看见我们首长的车？富弼一边打驴一边躲避说：富弼。隶卒告诉了官员，官员立刻慌忙下轿，给老领导请安。富弼一边给驴加鞭，一边说：好了好了，你们走吧。

南宋诗人杨万里一生当官，但很不顺利。他去世前十五年，都是退休在家的。杨万里在一个地方当官，卸任前，检索行囊，发现居然积攒了一些俸禄，也不多，"仅万缗"（缗：一串铜钱，每串一千文）。他认为在一个地方当官，走的时候还拿这么多钱是很可耻的，于是"留库中，弃之而归"。他的夫人罗氏，年过七十，大冬天还每天早上起床，先给家里的仆人们做饭，让他们吃饱了，手足俱暖，再去干活。杨万里的儿子杨长孺，继承了父亲清介的脾性，他曾任广州经略，用自己的工资七千缗，给贫穷的租户交了租税，退休后什么也不带走。后来有别的官员经过杨家，怎么也想不到，父子两代为官，竟清贫至"采橡土阶，如田舍翁"。

15　古代法官嫖娼的事

　　唐宋以来，均设有妓乐，分宫妓、官妓、营妓、家妓，分别服务于宫廷、官府、军队和私人家庭，明朝至宣德帝时，依然保留着。此处所谓妓，是指在乐籍的乐妓，不是卖淫的，主要是表演歌舞，演奏乐曲。但是乐妓地位非常卑贱，属于牛马一样的财产。既如此，作为妓，主人或官员老爷要让你侑酒陪睡，一般妓女很高兴顺从，因为这样有好处，甚至能改变地位。例如，宋孝宗的谢皇后就出身乐妓，她的母亲张氏就是宫妓，后来外出嫁人并生了她。这女孩出生后，长得非常漂亮，又聪明懂事，被皇太后看上了，养在身边，长大了，就配给孝宗，后来当了皇后。

　　五代时期的名画《韩熙载夜宴图》，是南唐后主李煜派人到大臣韩熙载家打探后，打探者凭着超强记忆力画出的长卷。韩熙载当时遭朝廷猜忌，无奈只好夸张地饮酒作乐，每饮酒必有官妓佐酒。那些喝多了的官员客人，看上了某个妓女，要跟这个妓女睡觉，韩熙载还为此提供方便。可以说，韩熙载家就是个淫窝。韩熙载以此自污求保，李煜看了打探者顾闳中偷画的《韩熙载夜宴图》，对韩熙载这种没出息的放纵非常放心,因为他显然已经彻底堕落,自暴自弃,没有政治抱负和人生理想了。

赵宋的死敌金朝,也有官妓。金朝的御史大夫耶律合住,官高位尊,他有一次出差路过宿州,当地官员牙虎带招待他,让歌妓侑酒伺候,晚上还让这个妓女陪他睡觉。高官嫖妓通常都不花钱,自然有人埋单,或是嫖霸王娼,不给钱。但是,合住次日清早起来,吃完早餐准备告辞时,牙虎带却带着人来了,说:大人,你昨晚睡了我们的歌妓,还没给钱就要走啊?合住很愕然。牙虎带说:大人,你愣着干什么?没钱是不?不可能啊!说着,就动手翻合住的行李,拿了几件值钱的丝绸衣服,说:得!这个就当大人给歌妓的嫖资吧。大人今后外出,一定记得带钱啊!不要睡了人家女孩还不给钱,作为一个有身份的人,这样太掉价了!牙虎带一顿羞辱,气得合住说不出话来。不过,至此,朝廷的官员路过宿州,都不敢住宿,甚至能不去宿州就不去。这样,宿州少了很多接待朝廷官员的麻烦。

明朝初期,那个非常有名的大才子解缙给朱元璋上书,要求撤销官妓,原因是其"非人道所为"。但是,朱元璋没有听他的。到了明朝宣宗朱瞻基在位的时候,官场的风气已经很坏了,官员宴饮聚会,没有妓女作陪,就不算时尚,不算体面。至于官员集体狎妓,那是很普遍的。狎妓、嫖娼的场所,还都在朝廷用于公务接待的酒楼、宾馆。

明代有个叫谢肇淛的记录了明代娼妓的情况,他写道:"今时娼妓满布天下,其大都会之地,动以千百计。其他偏州僻邑,往往有之。终日倚门卖笑，卖淫为活。"妓女十分活跃，有的甚至都搞到寺院里去了。

宣德年间，左都御史刘观因为和其他官员集体嫖娼，以贪淫之罪，被撤职查办。

都御史是干什么的？权力非常大，其"职专纠劾百司，辩明冤枉，提督各道，为天子耳目风纪之司。凡大臣奸邪、小人构党、作威福乱政者，劾；凡百官猥茸贪冒坏官纪者，劾；凡学术不正、上书陈言变乱成宪、希进用者，劾"。作为皇帝的耳目，都御史不仅管官员，可以说京城的各种风气都归他管。当然，他的职责是管官员，百姓是看官员的样子的，管好官，百姓就自然风从向化了。

这样的官员，应该是天下官员的道德风纪的楷模才对，就是说，你是执法者，别人可以犯错误，但你不能明知故犯。

可是，这个刘观大人玩得很疯狂，每外出赴宴必召妓。自己嫖妓不算，还带着其他法官一起嫖娼。

刘观的事被举报，告到皇帝处，皇帝命有司劾查。刘观开始狡辩说：我们没有发生性行为，就是按摩了一下。

宣德皇帝对此十分忧虑，很生气。他召集官员开会，作了重要讲话，说：喝酒，是人之常情，朕从前之所以没有禁止，正因为此。但是大家都是读书人出身的官员，是士大夫，士大夫最基本的修养还用朕说吗？你们各人心中应该有礼义廉耻管束着，并且相互激励，不让彼此堕落。有了这些修养，卑贱的妓女，你们怎么会去亲近？怎么会去集体买春、嫖娼？现在，这种风气非常坏，以刘观为典型，非常过分！你是纠察官员风纪的，你是执法者，怎么能带头干这种事情？看来，现在不彻底禁绝娼妓，整顿官场风气，天下的礼俗就要被刘观这种贪淫之人搞坏了。（"饮酒，人之常情，朕未尝禁。但君子当以廉耻相尚，倡优贱人，岂宜亵狎！近颇闻此风盛行，如刘观辈尤甚。每赴人邀请，辄以妓自随，故此辈仿效，若流而不返，岂不大坏礼俗！"）

宣德皇帝将刘观查办，让人推荐新的都御史，于是，一个中国文化史上相当重要的人登场了，他就是顾佐。顾佐为人刚直不阿，守正嫉邪，吏民皆畏服，贵戚为之敛手。他提出一个重要的建议，就是将全国的歌妓全部禁绝。从政令上禁绝之后，官员们就不敢明目张胆地叫歌妓侑酒侍宴，更不敢公开嫖娼了。同时，此政令产生了一个新玩意儿：中国戏曲开始迎来一个全盛的男旦时代。

宣德皇帝对百官进一步说：官员为人要洁身自好，办事要竭诚公正，公生明，廉生威，别怕别人举报你。现在官场的风气坏得令人害怕，大家不是比谁更廉洁，而是比谁更肮脏。别人是禽兽，自己非要禽兽不如，否则就吃亏了似的，很委屈似的。这是什么逻辑？这样下去怎么行？朕知道，现在不少官员也抱怨，说民众对官员们有误解，民间有浓厚的仇官情绪，凡是官员干的事都说不好。官员往东，民众就往西。这种情绪对官员当然是不公的。但是，我们想想，为什么会造成这种状况？《论语》中，子贡说："纣之不善，不如是之甚也。是以君子恶居下流，天下之恶皆归焉。"意思是说：商纣那样的残暴荒淫之君，他未必做过像书上说的那么多令人发指的坏事，但是，大家把他塑造成了千古残暴荒淫之君的形象代言人。这就是告诫读书人，要向上修养，当官要一心为国为民，夙兴夜寐，忠诚公正，不能甘居下流，不能做坏事，不能贪污荒怠，否则出了什么坏事，尽管你不一定做过，但是人们都会安在你头上，因为这种坏事就只有你这种人才能做，你有条件做嘛，你有条件腐败嘛。到最后，连狗拉的屎都说是你拉的。

16　古代医患之间

明朝嘉靖皇帝迷信取处女月经炼丹，可使人长生不老，遂从民间选十三四岁的美貌少女，取其月信，安排常年居住在西苑炼丹。为了保证少女们的身体绝对洁净，负责炼丹的方士们建议不让少女们吃饭喝水，只许吃桑叶、喝露水。这些年少的宫女生不如死，受不了了，便于嘉靖二十一年（1542）的一天，准备了一根麻绳，要在嘉靖皇帝熟睡的时候，一齐动手将他勒死。本来绳子都已经套在皇帝脖子上，两边一使劲儿就成了。谁知慌忙之中，绳子中间被打了个结，女孩子们可能是饿糊涂了，又加上手没力气，因此，尽管宫女们很使劲儿，但因为这个结的阻挡，还是没把皇帝勒死。没勒死，但是把皇帝吓得不轻，嘉靖皇帝当场就昏死过去了。

宫女造反即"壬寅宫变"，使嘉靖皇帝身心受到惊吓，这回谁也不相信那些方士和江湖大师们了，让太医院的医生们治疗。医生们压力很大，因为治不好很可能脑袋搬家。当时医术非常高超的太医院首席名医、工部尚书许绅，作为皇帝保健小组的组长，压力最大。嘉靖皇帝没被宫女们勒死，但是吓昏过去了，左右嫔妃内监以为皇帝死了，哭作一团，手忙脚乱。

俗话说："急病人，慢郎中。"当医生的，首先要沉稳，病人和病人家属焦急慌乱，医生不能跟着他们一起忙乱焦急，忙乱焦急看上去是替病人忧心，实际上对看病恰恰是有干扰的。许绅为人"质实谨厚，不喜交游"，被认为是"有恒人也"。在一片呼喊哭号声中，许绅沉着冷静地给嘉靖皇帝检查、号脉，然后开了一服药，煎好，掰开皇帝的嘴灌下去。一个时辰后，嘉靖皇帝就苏醒了，吐了一大口紫色的血，又过了一个时辰，就能开口说话了。

许绅救活了皇帝，居功至伟，加官晋爵，不在话下。可是，他自己却很快就病倒了。同僚前去探望，许绅气若游丝地说：我不行了，这正是在西苑宫女造反的时候落下的病根，其他人慌乱呼号，貌似惊惧，其实当时内心最惊惧的是作为医疗小组组长的我。当时我就想，我的这一服药要是不见效，救不活皇上，我就非自杀不可。幸亏皇上被救活了，但是我的神魂至今不宁，吃了很多药都不见效，所以我必死无疑。

朱元璋脾气不好，性格焦躁，稍不如意，即将医生付以刑狱。医生们一想到皇家人生病，就紧张得不得了。可以说，当时宫廷的医患关系极其紧张。太医院的医生们战战兢兢，为了保命，慢慢地形成了一个默契，即给皇帝、皇子及后妃们看病，药方要开得四平八稳，无论如何都吃不死人，绝不敢用那些冒险的药，那些能治病但过于威猛的药，否则出了事，命将不保。所以，明朝包括后来的清朝宫廷，慢慢地形成俗话说的"几不称"，即：太医院的药方、翰林院的文章——都是没个性的、四平八稳不管用的形式主义。

医生们形成的这种世故，皇帝慢慢地也觉察到了，但是没办法，人家是专业人士。洪武三十一年（1398），朱元璋生病了，召太医看病，并下令：太医再开那种不见效的药方，统统下狱问罪！太医院接旨，一阵慌乱。朱元璋将一位名叫戴元礼的太医单独召到跟前，温语劝慰：你不要害怕，朕说的那些狠话是针对他们的，不是针对你，你不要有压力。朱元璋很清楚：医生心里有压力，绝对不能看病。他用这种方式，给戴元礼减压。

朱元璋对戴元礼信任已久，先前朱元璋的儿子晋恭王朱棡生病，晋王府的医生们尽心尽力治疗，但朱棡还是死了。朱元璋非常生气，下令将晋王府的医生们全抓起来。戴元礼奏道：万岁，晋王上一次生病，您派臣去诊治，当时臣开了一服药，治好了晋王的病。但是臣当时向您奏报说：晋王的病是病在膏肓，如果下次复发，就没法治了，臣也回天乏术，请您嘱咐晋王生活起居多加注意，谨慎延年。所以，这一次王爷因病复发，不是晋王府的医生们没治好，没尽心尽力，请您明察。朱元璋听了，就释放了那些医生。

正因为戴元礼如此不世故，有担当，心怀仁善，见义勇为，不独为自保计，肯为他人辩冤执言，所以朱元璋对他很信任。

可是，尽管戴元礼给朱元璋尽力治疗，朱元璋的病还是没被治好，当年就病逝了。

继位的皇太孙非常生气，将太医院的医生全部抓起来问罪；唯戴元礼因为有朱元璋的安慰之语，而得以幸免。

人之常情，古今相同，凡人生病，多产生非分之想，希望医生能药到病除。医疗再发达，医术再高明，都赶不上人对健康无病的奢求。更有甚者，认为医生什么病都能治疗，都应该能治好，这使医生肩负重压。如果这个压力还借助于权势，医生就更承担不起了。

汉朝有个叫郭玉的医生，医术非常高明，常常为皇族权贵治病，但他死活不愿意进入太医院，成为权贵的专门医生，而宁愿当个江湖游医。汉和帝问他为什么不愿意享受太医院医生的待遇，不愿意掌握朝廷的医疗资源？他回答说：那些权贵居高临下面对臣，臣给他们治病，总是压力很大（"心怀怖惧以承之"）。给他们看病，有四难：一、他们都很自信，臣给他们解释医药病理，他们多倨傲不以为然；二、给他们看病开药，嘱咐他们在将养期间有很多谨慎注意事项，他们不遵守，不听话，"将身不谨"；三、他们养尊处优惯了，身子骨普遍虚弱不强，不能承受通常的药力；四、他们普遍好逸恶劳，治好了，很快就又生病了，反过来埋怨臣没给他们彻底治好。再说，天下没有无失误的医生，天下人自己所承担的各类工作差错百出，而如何能希冀医生百无一错？权贵们更是认为给他们治病，就不应该有差错，臣"重以恐惧之心，意且犹不尽，何有于病哉"？在这种不正常的医患关系中，是看不了病的。

17　对贪官宽宥就是对人民的犯罪

卢焯是清朝雍正、乾隆年间的官员，从雍正十二年（1734）当福建巡抚，到乾隆三年（1738）又任浙江巡抚兼理盐政。他犯了很多官员都会犯的错误，居官自肥，贪污了。这么大的官贪污，当然不是一个人贪污，必然有一个贪污的派系团伙。乾隆六年（1741），卢焯等人被弹劾。随后，朝廷的调查组到了浙江，将卢焯调到外地，案件牵涉浙江杭嘉湖道吕守曾和嘉兴知府杨景震。

吕守曾此时已经调到山西任布政使，得知被调查，自杀了。当时，杭州的老百姓不知情，还为卢焯一案叫屈，说卢大人是个有才干的人、有能力的官。甚至有人说，即便他自己贪污，但有工作能力的官员贪污一点点也没关系嘛，如此等等。闹事者还把副都统衙门前的鼓都毁坏了。乾隆帝闻奏，问近臣如何处理。近臣有言：山西布政使吕守曾都自杀了，就将案件推到他身上，慢慢地不了了之，对其他官员严加训诫，令其退赃，后逐渐降级处置，这样一来，朝廷保全脸面的同时，也能息事安民。乾隆没有听这个建议，斥责道：官员企图以自杀掩盖罪行，逼迫朝廷，又或妄图以一人之死而永葆妻子荣贵，掩盖其他同案犯，不唯毫无廉耻，还是大逆不道。遂下令严查。最后将卢焞和杨景震"以坐赃判处绞刑监候"。

乾隆二十二年（1757），云贵总督恒文和云南巡抚郭一裕，商量了一个敛财的好办法：以给朝廷、给皇帝进贡金炉的名义，收购云贵境内的黄金，其间大肆压低金价，中饱私囊，弄得吏民皆怨。眼看民怨沸腾，郭一裕吓坏了，为掩盖罪行自保，抢先上奏章参劾自己的同伙、上级恒文。乾隆帝派刘墉的父亲刘统勋率领调查组调查。经查属实。遂将恒文逮捕进京，乾隆帝面斥之，"宣谕赐自尽"。恒文临死，供出郭一裕是同谋并且是发起人，是创意者。乾隆又斥责郭，"命夺职，发军台效力"。同时对云贵当地十五名知情不报的官员，予以各降一级的处分。

"民可使由之，不可使知之"，因为一般人根本"知"不了，做不到"知"。自古大奸大贪者，多为大才之人。唐穆宗时，宿州刺史李直臣贪赃当死，由于李多年在朝廷内外给自己经营人际关系，为他说情的人很多，都说他是一个有能力、有才干、有政绩的官员，也为朝廷、为地方做了不少好事。唐穆宗见那么多人为李直臣说情，也慢慢地动摇了。他对御史中丞牛僧孺说：那么多人都说李直臣是个有才干、有政绩的官，这一次朕想饶了他……

牛僧孺慢慢回话：是的，他是有才，但他的有才，却在于拿着朝廷的俸禄，掌握着地方财政大权，为自己结交各种关系，"天子制法，所以束缚有才者"，即朝廷的法律，就是要约束那些聪明有才智的人，不让他们妄逞才智。难道像安禄山这样乱天下的反贼不是有才的人吗？

唐穆宗听了牛僧孺的话，便下旨诛杀李直臣，同时声明有敢再为其关说者，朝廷派调查组调查，吓得谁也不敢出声了。

后唐明宗李嗣源非常痛恨贪官，在他当皇帝的七年里，处治了不少贪官。比如他的亲密旧部将的儿子史彦珣贪赃，很多人为其求情，同时史彦珣还是李嗣源的外甥女婿，是皇亲。李嗣源却说：咱们是沙陀人（西突厥的一支），人家汉族士大夫出身的官员内心一直鄙视嘲笑咱们没文化，不懂孔孟之道，咱们怎么能不对自己下手狠一点儿！（"王法无私，岂可徇亲。"）供奉官丁某，掌握着朝廷的仓库，却监守自盗，以公款结交各种关系，投资经营，非法获利无数。案发后，很多人为他求情，李嗣源说："食我厚禄，盗我仓储，苏秦复生，说我不得！"并戮之。

由于李嗣源认真治理，五代时期的后唐，被称为"小康之世"。当政者一认真，再混乱的天下都很快呈现风气向良好淳厚变化的景象。

古人治贪，不可谓不严。上古有五刑，曰："火能变金色，故墨以变其肉；金能克木，故劓以去其骨节；木能克土，故劓以去其鼻；土能塞水，故宫以断其淫；水能灭火，故大辟以绝其生命。"后在五刑外，又增加了流放，作为宽宥。在古代，当贪官要付出高昂的代价。

女真人建立的金朝对贪官也绝不容情。大定十二年（1172），有女真贵族官员贪赃，畏罪自杀于监狱，金世宗下旨说：不把他的尸体丢在街上任人踩踏，就算是厚葬了吧。贫穷的人沦为盗贼，可能是迫不得已,他都当官了,还贪赃,人不但坏,而且愚蠢。

宋朝范仲淹针对那些宽宥贪官、同情贪官自杀的现象,说了一句名言:"一家哭,何如一路哭耶?"意思是说:一个贪官服罪,或畏罪自杀,痛哭的是贪官一家;而徇私枉法,屈法惠奸,让贪官一家不哭,杀伤的却是天下人心,杀伤的是人们对国家和未来的希望,所以这是一路哭。两者孰轻孰重,显而易见。

有人说,古代那么严厉处治贪官,不也没消灭贪污吗?这是心里有了妄念的人才有的说法,这种人当官也必是贪官。须知治贪如洗衣,衣服污脏,在所难免,故要勤洗;要实在破旧不堪洗,就应抛弃。那种希望毕其功于一役的想法,是一种妄念。

18　曹利用之死

北宋景德元年（1004），北方的辽国（契丹）发生严重的经济危机，辽主耶律隆绪和萧太后决定对宋朝发动战争，以缓解和转嫁国内矛盾，并在经济上掠夺富裕的宋朝。当时的宋朝非常富裕，富裕到什么程度？比传说中的盛唐最富裕的时候还要富裕。剽悍勇猛的草原骑兵从华北大平原一路驰骋，很快打到了澶州城下，距离北宋的都城东京汴梁不远了。

宋真宗根本不愿意打仗，但朝中主战的宰相寇準对宋真宗说：咱就是要和谈，也要打了再谈，不能这么跟贪婪悍猾无信义的敌人谈判；咱们必须先打一仗，而且要打赢之后，再谈判。这样就主动了，让他们认识到咱们不是怕打仗，而是打仗对谁都不好。宋真宗采纳了这个建议，御驾亲征，到了澶州，军民大振。辽兵在先行官萧挞凛的率领下，气焰嚣张，三面包围了澶州。然而，正应了那句俗话，"人狂没好事，狗狂挨砖头"，不可一世的萧挞凛正在马上呼喝辽兵，就被城上宋军中的一个神射手一箭射中脑门，当场毙命。辽军锐气大减，耶律隆绪和萧太后听闻凶信，很受打击。在这种情况下，两国谈判。宋朝这边派出的和谈大使是大臣曹利用。

对战争非常不耐烦的宋真宗在曹利用临出发前交底：领土问题，是不能谈判的；钱的话好说，实在不行，给他们每年援助银钱一百万两也行。

宋真宗会算账：当时打一场中等规模的战争，至少花军费三千万两银子，还不一定能打赢。所以，给对方一百万两银子的援助，等于是大哥给小弟经济援助，送"凶礼"了。曹利用这人很会办事，经他与契丹谈判，驳回了契丹对领土的要求，只答应给经济援助，这就是历史教科书上说的：每年给契丹银十万两，绢二十万匹。这比宋真宗设定的底牌要省了很多！曹利用算是立了功。

曹利用这个人，有本事，但是也有心计，即奸诈。他给宋真宗汇报的时候，故意卖了个关子。当时宋真宗正在御帐里间吃饭，派内侍到外间问曹利用谈判的结果，曹利用没说话，将手指竖起来，在额头上形成一个"三"字。内侍回奏：曹大人比划了一个"三"字手形，没说话。宋真宗失声道：三百万？这么多！他很生气，将筷子一拍，吃不下去了。停了片刻，想想，自叹道：三百万就三百万，要是能结束战争，也可以。（"姑了事，亦可了。"）曹利用在外面听见了，内心窃喜。

等到面见皇帝，曹利用又装。他跪倒磕头，说：万岁，臣罪该万死，跟契丹谈的结果，咱们每年要给他们的银子和绢加起来是三……

真宗头都不抬，边叹息边打断他说：朕知道了，是三百万。

曹利用说：万岁，您在三后面加上十再加上万字，连起来念。

宋真宗仿佛自言自语：三、十、万！哎呀！老曹，这是真的？三十万？

曹利用这才笑着抬头：可不咋的？万岁，是三十万！

从此，曹利用深得真宗皇帝的赏识和器重，官运亨通，一路升到类似副宰相的位子。

曹利用权势越来越重，骄横贪贿之气也愈加膨胀。他越来越大胆，利用权势给自己的子侄亲友谋官位、谋私利，甚至连皇太后也不放在眼里。有一次，朝廷搞运动会，有个项目是比赛钓鱼，皇帝钓的鱼用红丝网盛着半浸在水里，其他大臣都用白色的丝网兜，但曹利用竟然也用红色的网兜！这是明显的僭越。有人提醒：曹大人，您看您的网兜，皇上用的是红色的，您怎么也敢用红色的？曹利用说：什么敢不敢的？不敢（擀），那是煎饼！

曹利用有个侄儿叫曹汭，没什么文化，但在曹利用的照顾和安排下，也当了官，还私下做生意赚了很多钱。曹利用在朝中骄横一分，其子侄在外面就骄横十分。曹汭经常玩弄女性，比如用豪车载着美女旅游兜风什么的。曹汭最喜欢的一个侍妾在家与他的正房争宠，没争过正房。曹汭将她嫁给一个有求于自己，自己又经常帮助的土豪大款，此后就经常去土豪家与侍妾相会。慢慢地，土豪受不了了，加上土豪感觉到朝野对曹利用的负面传言越来越多，他预感到曹家快出事了。有一回，曹汭又来土豪家，当他从侍妾的房间出来，居然没穿外衣，穿的是黄色的睡衣睡裤。这土豪非常机灵，当时就跪在曹汭跟前,高呼:万岁!万万岁!他故意把曹汭当皇帝对待,高呼万岁来彰显曹汭穿衣僭越。

这一高呼,把曹汭吓傻了,慌忙往外逃。但是,这事很快被人知道了,"宦者走马奏之",很快汇报给朝廷。这还了得!朝廷下旨:将曹汭杖死!

乱棍打死了曹汭,曹利用也被拿下。朝廷开始调查他的问题,僭越、贪贿、腐败等罪行,一抓一大把,主要罪名是他和侄儿谋反。这罪名就太大了。但宋朝有不杀文官的祖制,又念及他曾经有功于国家——说的就是澶渊之盟,给曹利用最后的处罚是:贬。朝廷处罚高级官员其实不是泄私愤,而是要考虑到对其他官员的影响和朝廷的形象。所以皇帝没杀曹利用,贬他去的地方也不远,就在湖北的随州,后来又改为房州。

押解曹利用的是一位大内的武官,名叫杨怀敏。走到了襄阳这个地方,杨怀敏指着滔滔汉江对曹利用说:曹大人,您看这一江水多好啊!这儿的自然环境也不错,我要是您,就直接走过去,一直朝着江水,向前走,不回头,一定会融化在碧水蓝天里。曹利用默不作声。

到了驿站,杨怀敏布置了一个森严的局:将大厅收拾得跟要行刑的地方一样,并且让随从人员都躲在屏风后面,半天谁也不作声。曹利用心生怀疑,偷偷扒着窗户一看,那气氛十分恐怖,感觉这可能是要杀他了。杨怀敏走过来,一拍曹利用的肩膀,把曹利用吓一跳。杨怀敏皮笑肉不笑地说:曹大人,早点休息,明天再说吧!

曹利用回去,就解下裤腰带上吊自杀了。

19　被凌迟的大老虎刘瑾

在2001年的时候,《华尔街日报》统计了过去一千年全世界最富有的五十个人,中国有六个人上榜,其中有一个就是明朝正德年间的大太监刘瑾。

刘瑾在正德年间,独揽朝政,贪污纳贿,卖官鬻爵,专权枉法,威福任性。自古但凡掌握权柄又偷私之心盛炽者,必然会打压良善、嫉贤妒能、阻蔽才士,无一例外。刘瑾残酷迫害方正忠直之士,驱使朝廷官员如叱呵犬豚牛马,大小官员不要说想方设法谄谀巴结他,就是赞美他赞美得慢了,类似鼓掌看上去或者他觉得不热烈,都会惨遭迫害。不单是官员,连明朝的宗室、各地的郡王等,也都不得不巴结刘瑾。一时间,大明朝万马齐喑,言路堵塞,人人钳口避祸,不敢冒险撩蛇虺之头,践虎狼之尾。天下无道,士人扼腕,农夫辍耒哀叹。恨刘瑾的人很多,但是没有办法,谁也不敢出头摇撼他,甚至有的人刚流露出一丝不满,就会有人告密以市恩邀宠。这也是历来权奸暴君得以有效控制人心、维持局面的奥秘之一,就是利用人性之恶即人心自私利己的劣根性,以驾驭人。刘瑾经过了多年的经营，羽翼丰满。他联合内廷的其他七个太监，合称"八虎"，这个"老虎队"把持着宫廷的各个要枢，皇帝等于是被牢牢地绑架了，他们掌握着明朝的一切。刘瑾当然是"八虎"之首，即大老虎、老虎中的战斗虎。他很快就自己做大做强，成为当时明朝"最成功"的人。本来明朝有锦衣卫、东厂、西厂负责治安工作，但刘瑾还要设置一个高于锦衣卫、东厂、西厂的内行厂，由他直接掌控指挥。

然而，人一旦忘乎所以，则为人处事难免有疏漏。心怀偷私者，一定会死在偷私之心上。贪婪的人自然小气，有时候刘瑾对其他七虎提出的要求不能够满足。其他七虎的私欲也会随着权势的增长而膨胀，但刘瑾似乎逐渐放松了对周围人的有效笼络。刘瑾犯了项羽的毛病，即对哥们儿弟兄好话说尽，但吝于封赏，不兑现实惠。本来都是以利相交的关系，这种关系是天下最脆弱的，一旦利衰，则危及交情。况且欲壑难填，人的欲望不管正常还是非分，一旦得不到满足，难免心生怨隙。以利益结交的关系，就是这种宿命。

正德五年（1510），安化王朱寘鐇造反。造反得有个理由，于是就在檄文上数说刘瑾的罪状。正德皇帝派都御史杨一清、太监张永为总督，领兵镇压。很快，朱寘鐇之叛被平息，大军凯旋，准备向朝廷献俘贺捷，皇帝也兴致勃勃地等着前线的将士回来，准备庆贺。

在返程的路上，都御史杨一清做太监张永的工作：张公公啊！您看我们这次虽然成功地平叛了，但是，兵凶战危，劳民伤财，本来不用咱们这么辛苦地征讨的，您应该清楚这都是因为什么。

张永不敢回答。

杨一清叹息一声，诚恳地对张永说：这些局部的叛乱不难平息，难的是国家的内患；如今矛盾丛生，内部危机重重，不可测度啊！

张永故意问：杨大人您说说，这都是什么原因呢？

杨一清用马鞭在地上画了一个字：瑾。

张永一看，脸色少舒。杨一清趁机说：还不就是因为刘瑾这只大老虎祸国，把国家弄成现在的样子。您应该利用这次进宫汇报的机会，向皇上检举刘瑾啊！

张永说：刘瑾日夜都守在皇帝身边，皇上一天看不见他就不开心；再说他耳目众多，我们平时说话都不方便啊！

杨一清说：皇上将这一次讨伐逆贼的机会，不交给别人而交给张公公您，还不是皇上也信任您嘛。您这样啊：等班师回京之后，您对皇上说，关于这次讨贼平叛的事，有一些情况必须向皇帝单独汇报。皇上必然答应，到时候您将朱寘镐造反时颁布的檄文给皇上看，这檄文里写得很清楚，没说皇上不好，就说朝政被刘瑾把持专擅，才弄得天下混乱。皇上读完檄文，必然心动，您再趁机向皇帝分析讲述现在的社会矛盾和国家的危机，请皇上当机立断，拿下刘瑾。如若不然，大乱一起，到时候就不可挽回了。以皇上的聪明英武，一定会醒悟的。这样，诛灭刘瑾后，您必然受重用，到时候您将刘瑾专擅时期的弊病一一矫正革除，您就是千古功臣啊！

张永说：万一不成，怎么办？

杨一清给他鼓气：别人和皇上说这些，可能不成；您说，一定能成。您向皇上汇报的时候，要讲方式方法，看皇上问什么，您慢慢地将内容渗透进去。万一皇上不信您，您当场跪地磕头出血，请求皇上将您即刻处死，以此表明您的激切与忠心。即便是皇上当场不下令捉拿刘瑾，我相信刘瑾的日子也不多了。您要痛哭流涕、捶胸顿足。这件事一定要做得严密，如果有丝毫泄露，那就大祸临头了……

杨一清还要往下说，不料张永一拍胸脯，勃然作色曰："我亦何惜余生报主乎！"

张永依照杨一清的策划，果然打动了正德皇帝。正德帝亲自带领东、西厂人马，查抄了刘瑾的家。不查不知道，一查，把皇帝吓一跳：刘老虎家钱太多了，有多少？黄金二十四万锭又五万七千八百两，元宝五百万锭，白银八百万锭又一百五十八万三千六百两，其他珍宝细软无法统计。其实，钱多少，皇帝不在乎，关键是查出了准备篡位使用的玉玺和龙袍，这还了得！

刘瑾被判凌迟，行刑还有规定：要分三天，共割三千三百五十七刀。那些恨刘瑾的人，被刘瑾迫害过的人或家属，花一文钱买一片刘瑾的肉吃以解恨。这道菜应该是中国历史上著名的"大老虎肉"。

刘瑾之前的大老虎是王振，之后的大老虎是魏忠贤。打老虎看上去惊心动魄，实际上，最让人惊心动魄的，应该是老虎们是如何被豢养大的。打虎的狂欢，争食"老虎刺身"的解恨，如果替代了检讨"老虎是如何被豢养大的"这一根本命题，那必然是一个老虎倒下去，千万个老虎即将长大。

20　拿什么警诫官员最有效

南朝宋张兴世，战功卓著，封征虏将军，官当得很大。朝廷因为他有功劳，也照顾他父亲。他父亲是个农民，朝廷给了他一个待遇——给事中，即每月领一份"给事中"这样官职的薪水。过去朝廷封赏官员的家属亲戚，是明赏，这样高调赏赐一个有功之臣的家人，为的就是给天下人做榜样：你们也要这样好好做事，为朝廷立功，将来自己当大官不说，家人也能沾光。这样赏赐有个好处，即朝廷的负担在明处，这个账能算清。这样设计制度，最大的优点在于近人情。北宋真宗所作的《劝学诗》中说的"书中自有黄金屋，书中自有颜如玉"等都是很近人情的话，很贴近当时的现实。

当然，赏赐有一套规矩，不是滥赏。赏赐其实是一种管理，不能让你们自己利用职权去捞取利益。同时相应的，也有惩罚规矩，如犯错，也同样被惩处。

张兴世几次要把他的父亲接到大城市襄阳去住，他父亲不愿意离开老家，说：我就是个农民，我喜欢这儿的生活，你不要为难我了。你要是有孝心的话，给我弄一套鼓角，我下地干活休息的时候，坐在田埂上没事捣鼓着玩儿。张兴世为难了，说：这鼓角是皇帝家行军时用的，不是您这样的农村老汉玩儿的。他父亲说：那就算了。张兴世有一次回老家给先人扫墓，他的级别高，随从很多，衣着灿灿，声势很大。他的父亲见状，大惊失色：儿子，你的声势太大了，太高调了，咱家先人哪儿见过这阵势啊？会把他们吓着的。张兴世听父亲这样说，赶紧将随从队伍减少到几个人，同时衣着简素。他父亲才安心。

一个农民竟有这样的见识！父子各守法宪，相互警诫，他拿那份"给事中"的钱，朝廷一点也不吃亏。

同样是南朝宋，何尚之这个人很有本事，也有胆识魄力。那年宋文帝在建康（今南京）用民工疏浚玄武湖，何尚之没有阻拦、劝谏。文帝又想在玄武湖中修建传说中的蓬莱、方丈、瀛洲三座仙山，以彰显"俺们有钱咧""天天都是好日子"等国家强盛形象。何尚之急了，力谏阻止，认为朝廷疏浚玄武湖已经很让百姓受累了，现在又搞这个形象工程，非常不好。在他的劝谏下，宋文帝只好停了这个工程。当时也有不少官员是极力支持以讨好皇帝的，说是建成以后可保建康城和刘宋王朝抵御万年不遇的洪水；过了一段时间，又说抵御千年不遇的洪水；再过了一段时间又说能抵御百年不遇的洪水。何尚之发火了：你们说话到底有谱没谱啊？谁也回答不了这个质问，群议遂寝。由此可见，何尚之不惜得罪人，以警诫皇帝和百官。

何尚之这样做事，源于良好的家教。他当了吏部郎，官级虽不太大，但那是管官的官，一下子他家门庭若市，非常热闹。有一年夏天，他休假回老家定省，前来送他上船的官员非常多，多得他都认识不全。到了老家，他的父亲何叔度问他：听说你这次回来，官员们都来相送，把码头都堵了，是吗？

何尚之说：是的，没办法，都是同事，来了有几百人吧！

何叔度微微一笑，说：从前殷浩往豫章定省，送他赴任的亲戚朋友非常多，多得也是把码头都堵了；后来殷浩被罢官流放到东阳去，他的船停靠在征虏亭码头好多天，连一个亲戚朋友都没有来看他。你这次回老家休假，那么多人送你，其实那不是送你，那是送吏部郎的，跟你本人没有关系！知道吗？

何尚之被父亲这样一说，立即警醒了，回来路上那种因为衣锦还乡而不免扬扬得意的心情一下子平静下来。

父亲在家教子，以人物事理警诫之，在古代是很普遍的。不单是南朝，同时期的北朝，也不乏这样的清明之士。

宋隐是西河介休（今山西介休）人，祖辈也做官，到了他这一辈，命运很不好，北方地区统治混乱无法纪，十分不稳定。宋隐为人谨慎，做事踏实低调，先后被后燕皇帝慕容垂、北魏皇帝拓跋珪赏识，这是很不容易的。他如履薄冰地过日子，临终时对他的子侄们说：你们在家忠顺父兄，到了外面做事当官，也要像对待兄弟一样对待老百姓。这样就不会有太大的过错。如果运气好，我看你们可以做地方官，我送给你们两个字：忠清——忠于职守，不做违背原则、犯法乱纪的事；清正廉洁，不要让老百姓背后骂你们。这样的话，你们安分守己，不用那么辛苦追求当更大的官。我了解你们，担心你们在当今世上，没有当大官的命却非要追求高位，那就很容易给我们全家带来灾祸。你们一定要记住我的话，如果因为官场得意、仕途顺利而忘记我对你们讲的话，你们就是不孝！我死后当了鬼，你们烧给我的纸钱我都不会收的。

朋友之间也这样相互警诫，推心置腹。

北魏外戚冯聿，他的父亲叫冯熙，他的姑姑就是北魏的冯太后。冯太后和哥哥冯熙年轻的时候因经历战乱失散多年，后来又团圆了，所以感情特别好，冯太后对娘家的照顾也特别细致。冯熙可能是因为流落在他乡，挨过饿，如今荣华富贵，明明吃饱了才睡，可是却常常做梦给饿醒，所以被封"肥如侯"，又封昌黎王。冯熙享受荣华富贵，他的三个女儿都嫁给了北魏孝文帝，一个当了皇后，后被废，第二个女儿又被立为皇后，三女儿被封左昭仪。冯熙的嫡长子冯诞娶了乐安公主为妻，拜将军，封南平王。冯家当官的特别多，冯聿不算官最大的，但也有这些头衔：给事黄门侍郎、太中大夫、征虏将军、兖州刺史、信都伯。冯熙死后，孝文帝一再为他追加荣誉，还亲自给他写了墓志铭。这荣耀谁比得了？

人在得意的时候，一般不会有危机意识，一般人也不提醒人家有潜在的危机，说人家不爱听的话，人家还以为你羡慕忌妒，专门扫人家的兴呢。所以，一般人都是顺情说好话，让得意的人更得意、更高兴，让得意的人一见到你就能彰显他的成功、得意。

但是，冯聿和另外一个官员崔光同在一个衙门上班，崔光经常对冯聿说：老冯啊！你们家现在富贵太盛了，一定会衰落的！

冯聿听了果然不高兴，说：老崔，你怎么回事？我们冯家跟你关系不错，你怎么老是咒我们家呢？

崔光说：这不是咒，我是以自古以来的事理推论，谁也逃脱不了这个规律。提醒一下老哥你嘛！

同样，也有上司警诫下属的。

北周长孙俭调任荆州刺史，刚一到任，老百姓就上访告状，告郑县县令泉璨。长孙俭召开荆州官员大会，在会上作了重要讲话，将调查泉璨的事公之于众，之后自己脱去上衣，跪在主席台上，让人用荆条抽打自己。抽打完了，他说：作为一州行政长官，有教育各级官员的职责；现在泉璨犯了错误，责任首先要由我来承担，是我没有教育好泉璨。

有人插话说：泉璨又不是您提拔的，您是刚刚到任，怎么能负这个责任？要负，也是您的前任负责嘛。您怎么一上任就在自己头上引爆一个地雷？

长孙俭说：我是荆州刺史，我就该负这个责任！这不是我长孙俭负责任，这是荆州刺史在负责任。这就是官场游戏规则！不能到了该由你这个职位负责任的时候，你就说当时我还没有来，我不了解情况。不能这么说！人跟职位不能分开来说，除非你不当这个官。否则，咱们解决问题就永远没有办法，永远找不到问题的源头和依据。咱们有的官员，在一个地方当官，做了很多错事、坏事，但是他的错误在他离任的时候还不一定能全面充分地显现出来，他一拍屁股走了、升职了或退休了，他犯下的错误和政策失误就永远没有人追究了，后来继任者也不承担，这叫什么规矩？难道没人承担，这事就完了？难道当官就永远正确，倒霉的只有朝廷和老百姓吗？这就是腐败！是最大的腐败！

全场响起了热烈的掌声。长孙俭自严如此，于是"属城肃励"。

父子之间、朋友之间、上下级之间警诫，皇帝有没有人给他警诫？皇帝有没有内心所忌惮的？有。就拿著名的荒淫无道昏君隋炀帝来说吧。

隋炀帝住在显仁宫，他命令所有的侍卫没有他的旨意不得离开岗位，不值班的时候就在营房待着。可是，有一次，卫士长让一个没上班的侍卫外出办了点事。隋炀帝知道了，大怒，命人将卫士长押送到大理寺，并指示：杀头。大理寺少卿源师对隋炀帝从容奏道：陛下您指示杀了卫士长，臣奉命执行就是。这也不用多讨论，谁爱说啥说啥。可是，这个案子既然交给我们大理寺审讯，我们就应该按照朝廷的法律来审问定罪。您现在给大理寺指示杀了卫士长，臣等遵旨。臣斗胆问一句：今后如果还有卫士犯了同样的错误，您是亲自下指示呢，还是让我们大理寺审讯定罪？您亲自下指示那还用我们审讯干什么？交给我们审讯，可是按照法律衡量，不一定是杀头，今天咱们要不要把法律改了？如果让大理寺今后审问定刑，而您今天的旨意又成为一个典型先例，怎么办？请皇上明察。隋炀帝被这样一问，警醒了，挥挥手，放了那个卫士长。

从前皇帝临朝，有左右史官，记录其言行。每当臣下奏事，与皇帝对答，每一句话都有记录，这也是皇帝非常忌惮的制度。皇帝也是很害怕自己的错误被史官记录在案的。皇权独断，独断就只能由一人负责。所以，大理寺少卿源师这样奏事廷对，自然是借助了皇帝负责这一制度，让隋炀帝有所警醒和忌惮，使其不能因气使权，乱了规矩法度。

第二章
功名富贵皆春梦

21　所谓琴心——减少苟活的理由

春秋时期的乐官师旷是个瞎子。关于他的眼睛是如何瞎的，说法有三个版本，两个版本说他是为了专注学音乐自己弄瞎的，弄瞎的手段：一种是说用艾熏瞎的；另一种是说用针刺瞎的。第三个版本是说他天生就是瞎子。我目前倾向于相信他的眼睛天生就是瞎的，原因是一个人能将自己的眼睛弄瞎，其心太毒，手段太狠，用今天的话说是个超级偏执狂，不合常理人情，不可取，这样的偏执性格也不符合琴道人格。然而，师旷是个内心有大光明的人，说他有如此狠毒之心，似不可信。您不能说正因为眼睛瞎了才内心光明。

师旷生活在春秋时晋悼公、晋平公时代，作为两代晋公的宫廷乐官，随侍晋国最高统治者。他最初的职责类似于后来的琴待诏，当国君想听音乐时，他即奉命演奏。

师旷作为一个宫廷乐师，他的地位远比一般奏乐供人娱乐的乐人高得多。晋公有重大的外事活动，一般都请师旷一起出席，即外宾和晋公谈论国事，晋公旁边坐着一个神色端庄和蔼的瞎老头。有一次，卫国灵公一行到晋国访问，晋国在卫灵公访问期间，举行

"卫文化周"活动。卫灵公身边也有一个乐师名叫涓，即师涓。卫灵公一行去晋国的途中，路经濮河，夜晚在河边休息时，月光照着河水，波光粼粼，薄雾笼罩其上。突然，隐隐约约有人唱歌，大家都觉得好听。可是过后谁也记不住那个歌声的旋律，只有师涓听一遍就全记住了。在"卫文化周"开幕式上，卫灵公要显示自己国家的文化软实力，让师涓当场弹奏那个从濮河边听到的乐声，他想考验晋国的人是否知道这个曲子。师涓调好琴弦，弹奏起来。在场的人都觉得这个琴音太好听了，追星族们都准备好让师涓签名了。这时候，坐在晋平公旁边的师旷猛地一拍桌子，大声说："停下！别弹了！"

在场的两国国君都很尴尬，晋平公觉得师旷这样打断客人弹琴很没风度，心想他是在忌妒人家吧。师旷徐徐道："请问你这个曲子是从濮河上听来的吧？"师涓一听，很窘。卫灵公大惊，只得承认。

师旷说："这就对了。这是商纣王的宫廷乐师师延给纣王演奏的靡靡之音。武王伐纣，师延知道自己助纣为虐，其罪不免，就畏罪跳濮河自杀了。这个曲子荡人心智，如果任其流传，久之则人心淫逸颓废，国必亡。所以，它是不祥之乐，亡国之音，不能弹！"

晋平公客气地打圆场："现在早已不是商朝了嘛，无论如何也得让贵宾演奏完整个曲子，曲不可不终嘛。"

师旷语气温和但坚决地说："好的音乐使人振作，靡靡之音使人堕落，防微杜渐以修养身心。为什么明知不好，还要听完它呢？"

又有一次，晋平公举行高级别官员大会，在会上说自己国家的建设成就，这也好，那也好。晋国的媒体上平时只有三种声音：一是我们是最好的；二是别人都说我们最好；三是别的国家都忌妒我们最好。师旷听晋平公这样讲话，就拿起身边的一张琴，照着晋平公的方向用力扔了过去。晋平公脱稿讲话，正在兴头上，突然感到一阵黑风扑面而来，吓得哇哇大叫，摔倒在地，琴虽然没打着他，但是把他惊着了。卫士冲上来就拿住了师旷。晋平公稍微安定了一下神色，厉声问："师旷！你要行刺寡人？"师旷两只胳膊被卫士抓着，坦然地说："您是主公？真是您吗？"晋平公说："是寡人！你眼睛看不见，耳朵也不好使吗？连寡人的声音都听不出来了？"师旷说："啊！难道是老臣听错了？我刚才明明听到不是您在讲话呀！我听到商纣王在台上胡吹冒撩大忽悠哩，怎么是您在讲话？"

晋平公明白师旷的意思了。少顷，即摆摆手，散会了。

古语云："琴者，禁也。所以禁止淫邪，正人心也。"就是说，不要将琴声弹奏得太顺随人的欲望以娱乐人，而要用琴声驯化人的性情，削弱人的一些不正当的天性和欲望，使其达到"正"的效果。当然，这个效果的达成是潜移默化的，不是说听了一曲，流氓立刻不流氓了，贪官立即不贪了，没那么神。正因为没那么神，所以才要强调和坚持。跟做一件特别困难的事一样，你要坚持才可能有效果。

现在，古琴一下子热起来了！热得人都有点不习惯，热得跟得了流行感冒一样，热得让人想起李长声写的那句话："像泼妇撒野，樱花哗地开了……"

但是，真正懂得琴理、明晓琴道的人还是很少的。所谓琴道，无非就是"存天理，灭人欲"而已。有关这个，可以看我先前的小作《天理》，此不赘述。

琴和琴人之尊贵，说到底是琴人要心中多存一些"不"，即世俗允许你这也能做，那也能做，这也能搞掂，那也能搞掂，而琴教你"不"做这，"不"做那。你不要试图用琴影响他人，你只需用琴管住自己即可，所谓理一人之性情，以理天下之性情。人都把自己管好，社会才能好。

琴不娱乐他人，只调和自己的身心。为什么说琴人难觅知音？就是因为琴只对自己弹，对二三好友弹，不娱乐他人，不取媚他人。

正因为琴者知音难觅，一旦得到知音，简直可以说是生死知音，简直就是琴者的另一个自己。这就是为什么伯牙、子期，一个读书人和一个樵夫能因琴而结生死之交。

邹忌大家想必是知道的，就是那个长得很帅，但是跟城北徐公一比就觉得自己还是不够帅的齐国人。邹忌年轻的时候学了一身本事，他想当官有所作为，造福国家。可是，那时候还没有后来的察举制，更没有发明科举制，他如何才能找到一个机会被齐王赏识呢？

机会总是留给有所准备的人。邹忌会弹琴，齐威王也会弹琴。邹忌自荐说自己的琴弹得好，希望能为齐威王弹琴。他以这个名义进入宫廷，成为齐威王的一名琴师。有一天，齐威王自己正在弹琴，邹忌大胆，直接就走了进去。齐威王见了很不高兴，说：寡人没叫你来呀！

邹忌说：大王您的琴弹得好！

齐威王心情不错，问：好在哪儿？

这一问，给了邹帅哥一个机会。他朗声回答：您弹琴，大弦浑厚温和，这是明君气象；小弦明晰清亮，这是群臣奉公能干；您按弦按得果断而深沉，放得舒展而轻松，这好比国家政令宽严得当；音量大小适中，无不正之音的干扰，如天下四时协调，没有乱象。

齐威王听了，很高兴：小邹啊！没想到你还如此懂音律！

邹忌说：我不但懂音律，其实我还懂治理国家哩。

齐威王有些不高兴：说你胖你就喘，年轻人，要学会谦虚！

邹忌说：大王，治理国家就像弹琴一样嘛。

邹忌借助琴理说治国之道，很快就得到了齐威王的赏识。三个月后，邹忌当了齐国的相。后来的事实证明，邹忌是古时一代良相。

邹忌其实生在一个好时代，他遇到了喜欢琴的齐威王。

琴道在于"不"，琴人在于有所不为。

22 古代的吊民伐罪

史载：商纣王奢靡，吃饭使用象牙做的筷子。这貌似小事，但被纣王的叔父箕子知道，箕子却哭了。有人问他哭什么，他说感到商朝要灭亡了。为什么呢？箕子说：王用上象牙筷子，就一定会使用美玉制作的杯子，制作了玉杯，就一定会想拥有远方珍贵奇异之物，那么车马宫室的奢靡生活就会从此一发不可收拾，国家也就要亡了。

商纣王在位三十年，商朝变成了人间地狱。他权力至高无上，人又极其聪敏有才，喜欢逞才使能。他即位后就确立了一切民力财富都要为军事所用的国策。如此穷兵黩武，弄得民不聊生，天下怨愤而不敢言，百姓道路以目。他还非常猜忌那些其他部落的有才华的首领，一旦发现哪个部落的首领治国有才能，就找个理由抓起来，处死或囚禁，手段非常残暴。商纣王的爷爷文丁，就曾对周部落的一个杰出首领季历很猜忌，将他杀死。季历就是周文王的父亲。可以说，商朝有这种坏传统，到了商纣王时期，他连自己的亲叔父也不放过，箕子曾好心好意给他提建议，却被他囚禁，差点杀掉。

第二章 功名富贵皆春梦

文武全才、为人正直的太师闻仲是托孤之臣，商纣王的父亲帝乙去世前让他照顾并帮助商纣王治理天下。谁知道商纣王太荒淫无道，残酷暴虐，闻仲在朝中，他还因忌惮闻仲，有所收敛，一旦闻仲外出，不在朝中，他就无所忌惮，什么坏事都干。

商纣王对自己的国民非常残暴，其他部落已经看不下去了。于是，包括周在内的其他部落如庸、蜀、羌、髳、卢、彭、濮等部族的首领会盟，召开大会，联合谴责商纣王的暴政。但是，商朝对此进行了胡搅蛮缠的反驳，并表示要进行武力反击。

周部族的首领姬发看时机成熟，召集各个部族，组成了吊民伐罪的"联合国"军队，在牧野与商朝军队进行了决战。商朝长期进行愚民宣传，一支由战斗力很弱的正规军和临时组织奴隶凑成的军队组成的武装力量，自然无法抵抗雄气勃发的联盟军队。很快，商朝就被打败了，商纣王自知罪孽深重，自焚于他建造的供自己娱乐的鹿台。

就在周武王伐纣，联合军队即将出发的时候，舆论并不是一边倒地支持姬发吊民伐罪的，甚至有人认为商纣王没那么坏，姬发这么做是犯上。当时的两个社会名流伯夷和叔齐，叩马谏阻，辞气非常慷慨，情绪也很激动。

商纣王其实是个有福气的人，他那么荒淫残暴，依然有那么多忠臣给他提意见，希望他好，动之以情，晓之以理。箕子、比干、微子、梅伯，个个都是千古忠良。可以说，商纣王的灭亡，因为有了这些人的扛鼎，显得比较体面。如果是那些心里怀着自己的小算盘，眼看着你快失败了，但不出声——因为出声你会不高兴——就跟着你一起傻笑、一起慢慢地溃烂腐朽的人，大家一起死，就很难看。

商纣王到底有多坏？古史久远，不可详索。但商纣王是古代荒淫残暴君王的典型代表，成了一个暴虐的符号，一直对历史上的其他君王起着警诫作用。

传说闻太师被姜子牙打死在绝龙岭，他死后的魂魄飞回商都朝歌，历数商纣王的罪状。秦腔皮影戏《闻太师显魂》片段将其总结为"十不该"，即十大罪状，每一句都是一个残暴的故事。

"一不该搭虿盆文武遭难"——商纣王命令挖五丈深的大坑，里面放蛇蝎毒虫，将那些不听话的异己分子剥去衣服，扔到坑中，任由蛇蝎毒虫噬咬，破腹穿肚，此为虿盆之刑。异己分子在坑内受刑，他在上面饮酒观看，听惨叫之声以取乐。

"二不该修鹿台枉费民钱"——商纣王喜欢搞大建筑，搞形象工程，耗尽天下民财。

"三不该对百姓砸骨验看"——这个变态的商纣王，想看看人骨头里长的是什么样子，就抓来百姓老少，当场让人砸开百姓的腿骨，看里面的骨髓。

"四不该剖孕妇剥女验男"——变态的商纣王命人当场刨开孕妇的肚子，要看肚子里的胎儿是男是女。

"五不该挖去了杨任双眼"——大臣杨任实在看不下去眼前的暴虐，给纣王谏言，结果被挖去眼睛。

"六不该割心肺屈死比干"——这个故事知道的人很多，不赘述。

"七不该把梅伯炮烙柱炼"——跟杨任一样,宰相梅伯向商纣王提意见,被他施以炮烙酷刑。

"八不该将黄贵妃摔死楼前"——大将黄飞虎的妹妹是纣王的妃子,也因为好心劝谏纣王,被活活地从摘星楼上扔下去摔死。

"九不该将二太子赶离宫院"——纣王听妲己谗言,杀死姜皇后,正准备杀她两个儿子的头,结果兄弟俩被人救走了。

"十不该逼黄家反出五关"——黄飞虎一门忠良,商纣王想霸占黄飞虎的夫人,逼得黄夫人自杀,黄飞虎领着一千多名家将,反出五关,投奔姜子牙。

商纣王可能没做那么多残暴的事,有些残暴之举,技术上不成熟,属于想象。但是,自古以来,人们还是相信他做了那么多坏事。历代文辞夸饰追加,渲染其罪恶,为什么?这不是现在人的发现,很早就有人发现了。《论语》中,子贡说:"纣之不善,不如是之甚也。是以君子恶居下流,天下之恶皆归焉。"意思是说:商纣那样的残暴荒淫之君,他未必做过像书上说的、戏里唱的那么多坏事,但是,大家把他塑造成了千古残暴荒淫之君的形象代言人。这就是说,君子修身,要敬谨慎重,要有向上的追求,不可自甘堕落,甘居下流。你的形象一旦坏了,人们会自然地把许多坏事、坏想象都加到你身上。寻常百姓尚如此,更何况是为官者呢?

23　人在做，天在看

　　明朝天顺七年（1463）二月，京城会试，天下举子赶考。江西吉水人彭教带着一名仆人（苍头）也上路了。山高路远，晓行夜宿，不敢耽延。彭教家境并不富裕，所以随身带的盘缠不宽裕，而怎么花钱，全由仆人掌握。

　　途中，他们路过一个小镇，住在一家简朴的旅店中。次日一大早，正欲起程，楼上突然泼下一盆水，差点泼到彭教的仆人头上。那仆人躲闪得很及时，回头一看，楼上泼下来的水呈弧形落在地上。仆人突然眼睛一亮：水渍中赫然有一只明晃晃的金钏！由于天色尚早，路上几乎无人，彭教也还没出门，仆人就将这个金钏捡起来，藏在怀里。一路上，仆人都没对彭教说这个事。

　　又走了些日子，眼看会考日期临近，主仆计算着行程。仆人突然说：咱们一路上的盘费不多了。

　　彭教说：咱们省着点花，别太浪费。

　　仆人一笑：没关系！咱有意外之财，不会让您挨饿受冻。

　　见仆人的笑容很神秘，彭教问：什么意外之财？临财毋苟得，你没做坏事吧?

仆人就将住店遇泼水得金钏的事说了。

彭教一听就急了:咱们现在立刻返回,把金钏送回去!

仆人不解:为什么?咱又不是偷的。

彭教说:这必定是楼上那家女子不小心遗落的,一个女孩儿无故失落金钏,没法向父母交代,父母会认为她私通男子,将金钏作为定情物,如若征求甚急,催逼不已,弄不好会出人命的。

仆人都快哭了:回去没问题,可这样一来,咱可就耽误考试了呀!几年才一次会试,一次跟一次不一样,耽误了,兴许一辈子就没功名前程了呀!

彭教说:人命关天,考试是小事。

主仆返回。果然,小旅店楼上那家女子,父母"征求颇急,女欲死",那失落金钏的女子正准备自杀,"见钏得活"。

而彭教果然耽误了考试日期。

故事若至此,已经够感人的了,也算完美。但是,偏偏有下文。

那年的考试,考场居然发生大火,焚死举子九十余人,而彭教因迟到幸免于难。当年的八月朝廷又补试。第二年即天顺八年(1464)举行廷试,彭教以文章夺魁,被点为状元。

前人多从因果报应上解释彭状元的故事,这是佛家说法。而以忠鲠孝义以教君子,自有其道理。老百姓常以此事来证明一句常言:"修合无人见,存心有天知。"

类似的好人还很多,例如明朝陕西三原县有个姓温的人。温某以卖豆腐为生，两口子过日子，一直没有生育。温某很会精打细算，每天晚上结算，都要从卖豆腐的钱中提取几枚铜钱，存到一个木箱子里，积攒起来，以为养老之费。日久天长，四十多年，也积攒了不少钱。忽一日，温某外出卖豆腐，他妻子在家，见一邻居的妻子、女儿呼天抢地地痛哭，十分凄惨。一打听，才知道是这家欠别人的账，人家按照契约，要将这家的妻子、女儿卖了。温某卖豆腐回家，温妻将邻居的事告诉了他。温某说：那就把咱家积攒的养老钱送给她家吧。温妻说：我正有此意，恐怕你舍不得。温某说：赶紧送去。

邻居得银，事遂解。

后来，温氏夫妇以高龄之年生了一个儿子，取名温纯。温纯长大后非常有出息，中了进士，历任知县、巡抚、吏部、工部尚书等职。《明史》载："（温）纯清白奉公。五主南北考察，澄汰悉当。肃百僚，振风纪，时称名臣。"而温纯的父母也都以子而贵，获得朝廷的封赐。温纯有《温恭毅公集》传世。

彭教为人，内心光明磊落，不免让人感到才高气傲，处事刻厉，不为同辈所喜，故而仕途艰难；温纯也因为人正直磊落而屡忤朝贵，遂遏于群小，无一日安于其位。

"人在做，天在看。"彭教与温纯及其封翁封婆，因其善而不湮没于史册，而小人则终究身名俱灭。"修合无人见，存心有天知。"过去，人心向善，读书人以圣贤为楷模。至于黎民百姓，也以此管束自己，这两句话也是正经做药的生意人常挂店铺并默念于心上的。虽不能至，心向往之，这话就起作用。

24　君子爱人以德

我们来说说"万恶的慈禧太后"。慈禧太后赏谁个官儿，那还不是一句话的事？其实，人多不知慈禧太后并不照顾娘家人。娘家的男人出息不大，除了领朝廷规定的"铁杆庄稼"固定收入外，几乎没有什么别的收入，日子过得紧巴巴的，满族王公看不过去，给慈禧建议：您不照顾娘家自有您的考虑，但是娘家确实太穷了，难免引起世人对您的误解呀！王公们希望慈禧开的口子越大越好，这样也能给自己家捞便宜。慈禧没办法，从自己的私房钱里头每月拿出银子，补贴娘家人：男丁一人几两，女眷一人几两。这样还不行，王公们又建议：您给您的亲弟弟桂祥公爷赏个差事，让他能自己挣钱。桂祥就是光绪皇帝的皇后隆裕的亲爹，这都不能算是官二代，得算是官前代了吧？慈禧知道桂祥没能力，为了堵王公贵胄的口，就让桂祥去天津带兵。她当然希望桂祥能干得好，这样她脸上也有光彩。但桂祥一到天津兵营，扭头哭着就回来了。原来，他刚到兵营，还没下马，就看见军营里高高地竖立着一面大旗，上书三个大字：萨桂祥。这其实是另外一个将军的名字。他吓坏了，没文化还很迷信,认为这三个字念起来是"杀桂祥",很不吉利,就说什么也不干了。桂祥回来被慈禧痛骂了一顿,乖乖回家窝着去了。

南宋朱熹少时,有大官刘子羽帮助过他。刘子羽为大儒、抗金名人,是朱熹父亲的好友。朱父临终托孤,请刘子羽帮助抚养未成年的朱熹。所以,朱熹一生与刘家亲密友好,朱熹奉刘夫人如母,非常尊敬她。

女人爱孩子,对自己生的小儿子尤其宠爱,人之常情也。刘子羽的夫人卓氏,觉得不仅丈夫当官,她自己的大儿子刘珙官更大,所以想给自己的小儿子刘玶(小名五哥)谋个好工作,当干官。干官掌国家财物均输,权力很大。当时刘五哥已经通过了朝廷的考试,具备了任职条件。卓氏夫人就想通过家族在官场的影响力,给儿子运作一下。这事被朱熹知道了,朱熹给卓干妈写了一封信,严肃地说:"闻尊意欲为五哥经营干官差遣,某窃以为不可。人家子弟多因此坏却心性,盖其生长富贵,本不知艰难,一旦仕宦,便为此官,逐司只有使长一人可相拘辖,又多宽厚长者,不欲以法度见绳。上无职事了办之责,下无吏民窃伺之忧,而州县守令,势反出己下,可以陵轹,故后生子弟为此官者,无不傲慢纵恣,触事懵然。"

朱熹的意思是说:您不可以给您的儿子五哥运作谋这种"好差事",从来干这种工作的官二代没一个不因此坏了心性的。这些人出身优越,从小养尊处优惯了,根本不知道世上的事情有多难处理!贫寒子弟上进之途狭窄,连就业找个饭碗都不容易,这种官二代却一上班就干这种掌握主动权、掌握朝廷命脉的工作。工作单位只有主管领导一个人可以管他，而一般来说这种主管领导又多是世故圆滑之人，不会用规章制度约束你，他不愿得罪你嘛。这样，你上面没有人管，下面又没有一般人能够奢望替代你的工作，你的位子没有被颠覆的隐忧，你舒服死了！而那些到京城求你办事的地方官员，哪怕官阶比你大，但有求于你，见了你都不敢多说话，你可以倚势欺负他们任何人。贫寒人家出身的人当这个官，还可能懂得谨慎、敬畏，而你官二代当这样的官，没有一个不傲慢荒怠、胡作非为的，给朝廷造成重大损失也不在乎。你在这个位子上牛皮哄哄的，一旦换个位子，就又什么也不会。干这个工作，无非给国家添乱，给朝廷敛怨，为家庭招难。

朱熹建议："愚意以为可且为营一稍在人下职事，吃人打骂差遣，乃所以成就之。若必欲与求干官，乃是置之有过之地，误其终身。"意思是说：您应该给五哥找个艰苦的工作，让他从底层干起，让人差遣打骂您也别心疼干涉，让他自己一步一步努力成长。如果非要给他谋"干官"，这就是要害他一辈子了。

《礼记·檀弓上》云："君子之爱人也以德，细人之爱人也以姑息。"后人称赞朱子圣贤胸怀，爱人以德，而不是爱他就给他找个地盘让他做主。

25　对丧者应有的态度

宋朝范仲淹在邠州（今陕西省彬州市）做官的时候，有一天适逢假日，天气晴和，十分适宜野外游玩。范仲淹就约了一帮同僚下属外出，到风景优美宜人的山区楼台，野餐饮酒，赋诗作乐。仆从将餐具摆好，酒斟上，范仲淹刚要举杯，突然看见附近有几个穿着孝服的人在忙碌。范仲淹立即让人上前去打听怎么回事。打听的人汇报说：一个邠州的外地读书人贫病而死，他的朋友们想把他埋葬在郊外；由于死者非常贫困，入葬时什么东西都没有，连棺材都没着落。

范仲淹听了，神色黯然，十分难过。他让手下人立即将安排好的酒席撤掉，然后带头将身上的钱都捐给了死者，并派人帮助死者的朋友们将死者好好地安葬。当时在座的许多人都感动得潸然泪下。

古人劳作，因工具简陋，需要力气，劳作时一起使劲儿，效率高。比如舂米，将谷子放在石臼内，几个人用木杵从各个方向一起用力舂，人们一起唱着劳动号子，有同声唱的，有分为两拨，彼此应和着唱的，有一人领唱，其他应和的，等等，在古代曰"相"。采用"相"这种边劳动边"一起唱歌"的方式,干活不累且出米多。但是,如果邻居人家有丧事,则春米就不能唱劳动号子,而要默默地春。因为人有同情心,即孟子所说的恻隐之心。人家遭遇丧事,内心哀楚无尽,你这儿大呼小叫地唱着劳动号子,两下比较,显得十分残忍,没有同情心,十分不仁义。不但如此,邻家有丧事,你从外面回来,路过街巷,即便你刚才得知一个天大的好事,内心美得不唱歌都不行,也要克制自己,不能嘴里哼着小曲儿路过丧家之门。否则,会显得非常不厚道。此所谓:"邻有丧,春不相;里有殡,不巷歌。"不但如此,就是迎亲送亲的车马与送葬的车马于狭小路桥相遇,秉承"死者为大"的原则和文化默契,迎亲送亲的一定要让送葬的先过,中国人认为迎亲送亲的还会因此很吉利。

《诗》云:"凡民有丧,匍匐救之。""匍匐救之"是形容急迫的样子,就是说路过丧家,要匆忙路过或急忙去帮助他。《礼》曰:"君子戒慎,不失色于人。"意思是做人要端庄严肃谨慎,不要在人前失态。比如在丧家面前,你嬉笑玩耍、表情喜悦、举止轻狂、衣着艳丽,就是失态。失态就是失礼。

孔子去有丧之家吊唁,人家招待吃饭,孔子从不吃饱,神情必端庄严肃("子食于有丧者之侧,未尝饱也")。如果去有丧之家吊唁已毕,到了别处,换了环境,新环境的新活动如果需要唱歌,孔子都不唱,因"余哀未忘,自不能歌也"。不仅如此,就是平常孔子见了那些身穿孝服的人,虽当时身心很放松地在娱乐,但见此则骤然敛色,尽量使自己看起来很端庄("见齐衰者,虽狎必变")。孔子坐着车，看见旁边有人穿着孝服，必赶紧站起来，双手抓着车前面的横木，目光凝重地看着对方，示意礼敬，此所谓"凶服者式之"。

孔子如此庄诚地对待有丧者，同时也认为不能放任人的情绪而坏了规矩。孔子最得意的弟子颜渊英年去世，孔子哭得非常伤心。颜渊的父亲想厚葬儿子，在棺材外加一椁，这是不符合规矩的，孔子因此忍住悲伤阻止了颜父。"夫君子之用财，视义之可否，岂独视有无而已哉？"花钱要花得有规矩，符合礼义。一般人在悲伤之中，为了表达对逝去的亲人的无尽情意，往往有意把丧事办得超过死者的身份，也超出自家的财力。这是人之常情，如果放任，则必然变坏礼俗，而丧家因此没法过日子。所以，必须"以礼节之"。孔子非常通达人情，他说：丧事，与其办得排场奢华，以致伤风害俗，不如多哭两声，因为丧事无论办得如何热闹有排场，都不能尽情表达亲人对死者的情意。也就是说，办丧事如果任由人的情感，必然是上不封顶的事，所以"与其易也，宁戚；与其奢也，宁俭"。后来荀子再次强调并总结孔子的思想，说丧礼要适中，不要过分：如果刻薄死者，丧礼过于寒碜，则大失孝义；如果过分厚葬死者，而刻薄生者，丧事的花销超出了生者的财力，这叫"杀生而送死"，坏礼害俗，是非常荒谬的。

儒家对待有丧者的态度，无不体现"礼"的精神，即以诚敬之心，自卑尊人。人知礼节，乃有别于禽兽，有恻隐之心，同情之心，故曰"临丧不笑""望柩不歌""临丧则必有哀色，执绋不笑""里有殡，不巷歌"，莫不如此。

26　面对钱财，如何抉择

明朝时期，南阳有个叫李威的人，家里有很多地，地里种棉花，每年将棉花卖给从外地来收购的商人，获利不少。有一年，棉花收获，从湖南来了三位商人，雇着货船来到了南阳，将李家所有的棉花都收购了，李威这次卖棉花共得了三百多两银子，在明朝相当于一个正七品官员一年的俸禄。那三百两银子相当于现在多少钱呢？按照明朝当时的粮食价格，一两银子大约能买三百斤大米，三百斤大米在现在价值多少，您换算一下就知道了。总之，老李家这笔收入是不菲的。三个湖南商人将银子交给李威，将棉花装了船。不料，起程前一天晚上，船上起火，连船带棉花一起烧了个干净。

三个商人见状，瘫坐在岸上大哭不已，直要投河自杀。人们在替三个商人惋惜的同时，也替老李家庆幸：庆幸李威将棉花卖给了商人，货款两讫，现在棉花被烧，也不关老李的事。

李威把三个商人请到家里，安顿他们吃饭，说：棉花虽然卖给你们了，但还没有运走，这还算是我的棉花，烧了，是我的损失。我把你们的三百多两银子全部还给你们。我损失这些棉花，我的棉花地还在，明年还可以种，你们若没有了这些银子，拿什么生活？（"汝若失此货本，何以为生？"）

三个商人感动极了，但说什么也不接受：咱们都两讫了，棉花被烧只能算我们自己倒霉，就是官府，也管不着啊……

李威说：这种利益至上的标准，自古以来是给一般小人用的，我李家是耕读传家，以仁义教子弟，希望我家的子孙人人当君子，不当计较利益、冷酷无情的小人。现在你们连船和棉花都被烧了，这些银子我拿着能心安吗？我今后能向子弟们讲仁义吗？我这是侥幸得财，这会让我一生内心不安。请成全我！

三个商人感动得又哭了一场，拿着银子回去了。就这样，老李家那年种的棉花几乎没有收入，但因为有了这个义举，很受当地人的赞扬。李威自己也觉得内心暖烘烘的。

李威就是明朝内阁首辅李贤的祖父。李贤辅佐明朝五个皇帝，人称五朝元老，祖上三代都受到朝廷的封赠，非常荣耀。

南朝梁吕僧珍，出身寒门，后以才学得官。朝廷委任他到自己的家乡去当州官，家乡那些跟他八竿子打不着的人，都尽量想办法接近他和他的家人。比如他的侄儿，没读过什么书，一直以贩葱为业，听说吕僧珍回乡当官，便找到他，说：叔父啊！请看在老家长辈的面上，给侄儿在州里弄个小官当当；当官若是不行，到朝廷下属的企业谋个差事也行……吕僧珍没等他絮絮叨叨完，就厉声说：滚回去贩你的葱去！

南朝宋吏部尚书顾觊之的三儿子顾绰，头脑非常灵活，很会搞资本运作，凡是跟他经济往来，很容易就变成你欠他钱了。顾觊之经常劝阻儿子，但是，顾绰口头答应父亲洗手不干了，实际上继续干。有一天，顾觊之把儿子叫来，说：儿子，我看你非常喜欢钱财，爹就一次帮你挣够钱，让你今后别再汲汲于商海了，太辛苦！好不好？顾绰一听，大喜。顾觊之说：现在都谁欠你的钱还不愿意还？你把债券都给我拿来，我让官府出面派人给你要，让他们数倍还你！

顾绰高兴极了，将所有债券都交给顾觊之。顾觊之一把火把债券全烧了，并且告诉远近人等：欠我家三小子的钱，都不用还了，所有的债券都烧毁了，同时还警告那些人以后不要和他的三儿子做生意。（"负三郎债，皆不须还，凡券书悉烧之矣。"）

《大学》云："仁者以财发身，不仁者以身发财。"前者会使用驾驭财富，用财富帮自己发德明功，立身立名；后者不仁，被财富驾驭和奴役，身居高位却不惜毁灭名誉牟利贪财，以不仁而拥天下财富，遭人侧目唾骂，实是受刑罚。

27　古代士大夫遇沮则退

明弘治十一年（1498）三月，文渊阁大学士李东阳和内阁首辅（相当于宰相）刘健被人告了。告状的是一位国子监的学生（即国子生）江瑢，他告李东阳和刘健，"杜绝言路，掩蔽聪明，妒贤嫉能，排抑胜己"，对皇帝说将两个人"急宜斥退"。江瑢为什么状告这两个人？因为这两个人身居要位，江瑢认为由于他们的不作为，不向皇帝反映真实情况，致使朝政弊端丛生，国家出现了很多问题。

国子生江瑢的告状奏章，作为文渊阁大学士的李东阳和内阁首辅刘健，即便是有机会先看，也不敢扣压。按照制度，这份告他们状的奏章顺利地到达皇帝手中。刘健和李东阳不能对江瑢打击报复，而是要到皇帝面前陈情申辩。他们说：最近有包括国子生江瑢在内的一些官员和士子告臣等的状，私下议论臣等，说我们只顾自己当官、巴结传奉官、勾兑利益等。他们说的虽然不是很准确，但是"类多可采"，即他们说的大多数您可以相信。因为我们在朝廷这个重要位子上，官场所有弊病的责任理所当然应当由我们承担。我们自己检讨，错误主要在于"因循将顺，苟避嫌疑，不能力赞乾纲，俯从舆论，别白忠邪，明正赏罚，以致人心惶惑，物议沸腾"。让朝野如此议论纷纷，这是我们的失职，请求朝廷罢免我们并追究我们的责任。

刘健、李东阳被一个国子生告状，尽管告状的内容还不够翔实，但这两个人就要求退休了，而不是通过手段和关系摆平此事。因为他们都是读书人出身的士大夫，士大夫为人处世的特点是"行己有耻"，遇沮而退，而不是没脸没皮、忍耻求进、潜身缩首、苟图衣食。就是说，我们被人告了，尤其是把一个身份低微的国子生都逼得告状了，可见我们在朝野当中的影响多不好，不管原因是什么，我们认为一定是自己没做好，人必自侮而后人侮之。被你们这么议论、非议，尽管你们所说的不一定是实情，但议论对朝廷产生的影响却是实实在在的，我们没脸面再待下去了。

其实，李东阳和刘健不是没有作为；可以说，正是由于他们的鼎力扛持，国事才没有更糟糕。当时，明朝有三个很能干的大臣，除李东阳和刘健外，还有一个谢迁。刘健稳练端正，谢迁刚直豪爽，李东阳温和多智谋，弘治帝对他们非常信任，见他们都尊称先生，不敢怠慢。

现在一个国子生江瑢告状，传得沸沸扬扬，朝廷总得有个交代，不了了之反而更引起朝野议论。皇帝为了安抚大臣，让锦衣卫将江瑢抓起来问罪。刘健和李东阳赶忙紧急上奏章，两个人全力营救江瑢，说我们大明朝不能没有江瑢这种士子，他告状所言，未必全是实情，但是，以他这样卑微的身份敢对朝臣提意见，这是很了不起的，正是国家元气之所在。千万不可治他的罪，否则会伤天下士子之心啊！臣等在朝中也没有脸面再待下去了。

弘治皇帝听从了他们的意见，将江瑢释放。

从前，读书人寒窗苦读，走科举求取功名，能成功考中的人是很少的，能考中后入职做官的更少。唐朝官员通过读书科考当官的仅占10%，但唐朝社会风气崇尚通过读书科考入仕，而以通过别的途径当官为耻，"士耻不以文章达"。宋朝科举录取的比例要大得多，但还是极少数人才能成功，因为参加科举考试的人数也同时大增，所以"天下才能，老于岩穴，不沾寸禄者多矣"！

尽管这样不容易，但是很多读书人好不容易考上了，也当官了，没几天，自己就要求退休回家不干了，这样的例子比比皆是。明朝陕西高陵人吕柟，状元出身，一辈子为官治学，为人处世，皆以希贤希圣为宗旨，当官数次辞职；皇帝数次对其起复，请他再当官，他又提意见，又辞职，如此反复多次，最后终老关中老家。你说他辛苦，然而他"仕三十余年，家无长物，终身未尝有惰容"。

就是说，你让我干，我就按道理干；你不讲道理，我就不干，哪怕我饿死也不干。吕柟道德文章、行为事业，为天下楷模，声名远播，以至于当时的朝鲜国王给明朝皇帝上书，请求赐给一套吕柟先生的文集，作为教材向全国推广。

当官很不容易，可为什么遇沮则退，不珍惜自己的前程？好好地巧言检讨，博得皇帝和上司的理解同情，保禄固位不好吗？不行！当时权宦刘瑾就是吕柟的关中同乡，但吕柟却备受刘阉打压和迫害。

按照世故的价值观，吕柟太执拗了，太不会来事了，其实你拜访一下刘瑾，吃顿饭，就好了呀。但是这在吕柟和他的那个时代是不可想象的，真正的士大夫根本就不存在丝毫蒙混世事的"贱行"。

为什么他们那么不珍惜自己辛苦得来的功名利禄？因为他们有廉耻之心。有廉耻之心，即仁善之源，就没有"贱行"。今天有些人思维贪惰，以为一旦建立某个制度就会万事大吉，总希望浩繁纷乱的政事人心有一个阀门，阀门开闭一下子就能解决所有问题，希冀毕其功于一役，忽视人的廉耻之心的培养。其实，制度再严密，人没有廉耻之心，都会钻制度的空子，慢慢将空子扯成豁口，最终致使制度崩溃。

28　人活一张脸

自古无奸不才，大奸大才。更远的不说，宋朝的蔡京、秦桧都是极有才的，他们虽为人奸险，但文章和书法却都写得极好。明朝的奸相严嵩也是有才的，不仅写得一手好青词，书法也是极好的。南明弘光小朝廷，残山剩水，风雨飘摇，偏安江南一隅，其内阁首辅马士英也有才。马士英的奸名虽没有以上几位响亮，但也因"为人贪鄙无远略，复引用大铖，日事报复，招权罔利，以迄于亡"，为士大夫和史书所不齿。

相传马士英的画画得好。应该是真好，为什么这么说？因为当时江南人家对马士英的画非常喜爱，多百般搜求。喜爱是喜爱，将马士英的画买回来，或用别的字画、古董换回来，请高手将落款的名字改掉：马字添两点变冯字，士添笔画改为玉，英字给加个偏旁变瑛字。如此，"马士英"变成"冯玉瑛"，这样，江南人家才愿意将落款为"冯玉瑛"的画张挂于客厅书房。客人来访，观画若问：这冯玉瑛是谁？主人从容而答：秦淮河边一个妓女。客人惊叹：啊！画得真好！

这里面有问题，犯了考据癖者必然问：落款固然可更改，然印章如何改？某试言之：从前人观画，大约不像现在有的人，见字画就趴在上面像验尸一样看，或边看边像警犬一样嗅来嗅去，那不是一般观画者的气象，那是小字画商人的做派，大字画商想必也不会那么做，见多了，望其气象即可，一眼望去即可知真伪，此其一；其二，从前中国人住房，即便是明堂，采光也不像现在这样好，所以，一般人家挂的字画，就起个补壁装饰作用，看也只看个大概；第三，从前人家玩字画，不像现在人这样神经质，除非是罕见精绝妙品，否则都是很随便地挂，没人有意查看你家挂的是谁的作品。所以，愚以为，一眼看去是"冯玉瑛"即可。

此事见清代阮葵生笔记。阮氏为人严谨，所记即便为传说，也是有他的用意的。什么用意？桃花扇底看南朝，当时朝代交替，面对清廷的强悍杀伐，士大夫阶层出现了分化，有的殉国，有的隐逸，有的投降。相比那些变节投降的，偏偏秦淮河边的青楼女子，表现出了士大夫所倡导并力行的民族气节。

也就是说，江南人家宁愿挂妓女的字画，也不愿意挂当朝首辅马士英的画。可见人心中是有是非善恶标准的。妓女卑贱无疑，正因为平常被人看不起，所以才更加注意自身所作所为，在大是大非问题上，有见识的女子不愿意输给士大夫。妓女卑贱，但与贪鄙短视、祸国乱政的高官相比，人们还是愿意选择妓女的手笔。

明末南京有"秦淮八艳"，其才艺之佳，令无数士子为之倾倒。如清代号称"无书不观"的大学者、扬州人汪中，曾客居江宁（今江苏南京），经秦淮八艳之一的马湘兰旧居，感其人其事，写《经旧苑吊马守真文》，赞赏马湘兰的才华："余尝览其画迹，丛兰修竹，文弱不胜，秀气灵襟，纷披楮墨之外，未尝不爱赏其才，怅吾生之不及见也。"汪中对马湘兰的命运给予了高度的理解和同情："夫托身乐籍，少长风尘，人生实难，岂可责之以死？婉娈倚门之笑，绸缪鼓瑟之娱，谅非得已。在昔婕妤悼伤，文姬悲愤，矧兹薄命，抑又下焉。嗟乎！天生此才，在于女子，百年千里，犹不可期，奈何钟美如斯，而摧辱之至于斯极哉！"汪中感叹自己命运与马湘兰无异，只不过身为男儿，"差无床簀之辱耳"！马湘兰不幸落入风尘，饱受摧辱，千古之下，却有汪中这样一个隔代知音。

这就是过去的风尘女子和江南社会：风尘女子虽身份卑贱，但也要脸；江南人家不攀附贪鄙豪强，宁愿假托妓女，是因为他们知道跟马士英这样的坏人为伍丢人，他们要脸，毕竟人活一张脸！

29　清议的价值

"将仲子兮，无逾我园，无折我树檀。岂敢爱之？畏人之多言。仲可怀也，人之多言，亦可畏也。"这是《诗经·郑风·将仲子》中的一段，翻译成现代白话，就是："我的二哥哥耶！别翻墙到俺家的菜园来，也别攀折院墙边上的檀树（这会暴露你的行踪，让邻居看见）。我不是心疼菜园和檀树，也不是不想你，就是怕别人议论咱俩。我其实像你想我一样想你咧！但人言可畏，我不敢公开和你约会。"

套用陕北民歌的格式，大约如此："（男）到菜园不见妹妹个人，翻墙爬树进后门；（女）哥哥你别到菜园来，折断了檀树丢不起人。（男）青檀树啊冒高高，哥哥想你受不了；（女）不是妹妹的把心瞎，外人看见说闲话。"

对此诗，从前有两种截然不同的意见。一种认为：此"淫奔之辞也"，太不要脸。一种说：这哪里是不要脸？这明明是要脸嘛，女子战战兢兢地谢绝男子，是害怕父兄及邻居发现，内心存人言可畏之念，能守住底线，"大有廉耻"，怎么能说是淫奔呢？

我同意后者。

"不学诗，无以言。"推衍开来理解，这首诗说的是人心里对别人的议论有所顾忌，有所敬畏。

先秦立闾师，设乡校，目的是存清议于州里，所以子产不毁乡校，为孔子所赞赏。至于两汉，朝廷选拔人才，首先要看社会上对此人的议论如何，如果这人有不好的名声，那一辈子就完了，所谓"一玷清议，终身不齿"。汉武帝急于求才，下诏求贤，说"士或有负俗之累而立功名"，即读书人，有的人有不好的名声，但是只要有卓异的才能，就可以为朝廷使用。汉武帝这个政策，遭到了后来许多人的批评，认为他急功近利，开了坏风气的先河，以致西汉尽管国力强大，但人才士风不如东汉淳善。东汉时候的人，很注重别人对自己的议论，以至于产生了职业评论家。"惟仁人能爱人，能恶人"，汝南平舆（今河南平舆）的许劭和许靖兄弟俩，因为善于品评人物，成为汝南评论界的权威，俗谓之月旦评；凡是能获得他们兄弟一句评语的，哪怕是挨他们一句骂，当时的人都跟中了奖一样感到荣耀。曹操和袁绍都是汉末豪强，也很敬畏许氏兄弟，曹操百般恳求许氏兄弟给自己一个点评。被磨缠得无奈，许劭给了曹操一句评语："治世之能臣，乱世之奸雄。"曹操得了这一句话，满意而去。而同在汝南的袁绍，乃豪强贵族官二代，他从濮阳令卸任回家的时候，带着豪华的车队和众多仆从，一路玩耍，十分高调。但是，即将进入汝南郡地界的时候，袁绍竟然辞谢宾客，遣散随从，一下子很低调。众人不解，问为什么，袁绍说：哎呀呀！我这样的排场要是让许劭先生看见了,那怎么得了!袁绍竟然一个人轻车简从回家了,丝毫不敢嘚瑟。

从前,因为人顾及自己的名声好坏,所以清议存焉,"君子有怀刑之惧,小人存耻格之风,教成于下而上不严,论定于乡而民不犯"。有的人竟然因为清议加身而一辈子沉滞不得志,比如写《三国志》的陈寿。他父亲去世,陈寿热孝在身,依礼当严谨守孝,生活越清简越好,不能贪图享受和娱乐,否则一旦被人发现,就不得了了。陈寿因悲伤而生病卧床,家里的丫鬟捧了一碗汤药给陈寿喝,这一情景,正好被前来拜访他的一位客人看见了。这个客人到外头一说,引起了众人的议论,认为陈寿在守孝期间竟然使用丫鬟,这就是贪图安逸。陈寿被这样议论,还不能辩驳,辩驳只会更麻烦。更严重的是,朝廷竟然因此清议而很多年都不用陈寿。

阮简的父亲去世,他严谨地守孝。但是,一次去拜访县令,县令用酒肉招待他,阮简不好不给主人面子,就简单地吃了一点,这事被人知道了,引起清议,阮简"废顿几三十年",几乎把一生毁了。

李白在《春夜宴桃李园序》中说,"群季俊秀,皆为惠连",将自己的本家兄弟比喻为南朝宋时期非常有才华的谢惠连。可是,这个谢惠连,父亲去世,他守孝期间,应别人邀请写了几首诗,招致清议,舆论认为他守孝期间内心不够谨敬,居然操弄雕虫小技,甚为轻浮,"坐废,不豫荣伍",也把一生功名毁了。

这都是有名有姓的大腕儿,因清议而被毁废,没名的士人因此被毁的不知道有多少。但是，前人却从不替他们惋惜，也不太同情他们，更无人为之叫屈。因为在前人宏大的思维里，不会拘泥在一个人的遭遇上面。他们认为，清议也许对人过苛，但是，因为清议在，价值观就在，标准就在，人被毁废，恰恰向世人昭示了清议的价值、标准和底线。所以，顾炎武感慨道："天下风俗最坏之地，清议尚存，犹足以维持一二。"

到了明朝，朱元璋很重视清议，他下令每里（即一百一十户）必须设立两个亭子作为公共设施：一个是表彰好人好事，曰旌善亭；一个是彰显坏人坏事，曰申明亭。明末大儒孙奇逢，日子过得很穷，因为他对人的评价在官府每年的乡邑士绅的考核中很起作用，许多人平时都向孙先生贡献财物，以求能获得美言，虽有如此便利，但孙先生全部拒绝，丝毫不取。

清议就是让人说话占地方，连说话都不占地方的时候，甚至不让说话的时候，干戈必然至矣。这一点不是危言耸听。当然，清议也有误国之时！

30 守礼者无敌

东晋刘宋时期的蔡廓,极有才学,品行端正,言行守礼,虽身处乱世,却几乎没有出过差错。东晋末年社会风气很乱,老百姓动不动讥刺朝政,谣言四起,社会混乱,哪里发生个什么局部小冲突,很快就被风传演绎成一个大乱子,所谓末世人心思乱,搞得当政者很头痛。此时,桓玄专权,他打算加重肉刑,治治社会上太乱的风气,有个议政郎甚至建议巡捕可以随意捕杀民众。蔡廓上书,议论加重刑法的危害,其思维之深奥严密,议论之从容清澈,词约义丰,晓畅易懂,足以为古今中外法治之典范。今天人们说刑法,争论死刑废存等文字,均不能出其右。蔡廓主张"德刑兼施",所谓德,即待人以礼。朝廷待人以礼,则人敬朝廷以礼,即所谓"立于礼"。

蔡廓很年轻就当了很大的官,是当时的年轻官员,名声响亮,人皆仰慕其正直。蔡廓并不以年轻得志而自傲,而是谨慎守礼,恭敬做事。每逢年节,蔡廓换上整齐的衣服,给自己的哥哥行礼。他平常把自己的收入都交给哥哥,自己需要花钱的时候向哥哥申请。他在外地出差,媳妇捎信来说让他买一件夏天的衣服寄回来,蔡廓复信：家里管事的按照季节都预备衣服，不用给你另买。

蔡家谨慎守礼之风，影响到蔡廓的儿子蔡兴宗。兴宗生长在诗礼之家，三四岁就与众不同，蔡廓很欣慰地说：我儿子兴宗四岁，我看他的神气似乎不错！蔡廓盖了两个大宅子，先盖好东边的，给自己的哥哥蔡轨住。蔡廓病逝了，自家的房舍还未建好。蔡轨从长沙太守任上罢官回家，给弟弟家送去五十万钱来补偿建宅子的费用。十岁的兴宗对母亲说：我们一家人生活丰俭与共，大伯给的这钱不能要。他母亲高兴地听从了兴宗的话，把钱退还给蔡轨。蔡轨惭愧地对自己的儿子蔡淡说：我这六十岁的人了，做事还不如这个十岁的小娃娃！

蔡兴宗后来在刘宋孝武朝担任侍中，行事依礼，每正言得失，无所顾惮。孝武帝新年祭扫祖陵，回来的路上，想打猎抓野鸡，蔡兴宗语调沉静地说：祭陵是给天下做孝行榜样，是情敬并重的严肃礼仪，万民仰瞻，您这样突然停车去打猎，老百姓会怎么想？还是等到其他时间再打猎吧！孝武帝虽然很生气，把蔡兴宗赶下车，但还是听取建议，放弃了打猎。

孝武帝的弟弟竟陵王刘诞占据广陵造反，朝廷大军经过艰苦决战，平定叛乱，刘诞兵败被杀。孝武帝走出宫禁，高兴至极，令所有人呼喊万岁。蔡兴宗沉默不语。孝武帝问何故，兴宗曰：陛下应该对今天的杀戮感到痛哭流涕才是。言下之意：造反的是您的亲弟弟，这不是多么荣耀的事；虽然他兵败惨死，但是兄弟相残，有那么值得高兴吗？

蔡兴宗的朋友范义是竟陵王的手下,也因参与叛乱被杀,曝尸荒野。蔡兴宗郑重地将范义的尸首收敛起来,依礼祭奠,并派人将灵柩送回范义的老家。孝武帝知道了,很生气地责问:兴宗,你为何给乱贼收尸厚葬?蔡兴宗平静地回答:皇上您杀您的叛贼,臣葬自己的朋友,两不相干啊!您要是觉得我这也算犯罪,我甘愿领罪。孝武帝无语。

孝武帝的儿子刘子业即位后凶残荒淫,被孝武帝的另一个弟弟刘彧起兵推翻了,刘子业曝尸街头,无人敢收尸。蔡兴宗对刘彧说:他虽然很凶残荒淫,但毕竟做过天下之主,这样曝尸街头,不合礼制,应该简单地安葬他。您现在做了皇帝,您的天下有这样的事情可不好。况且他不入土,别处就会有人以此为借口造反。刘彧听从了他的建议。

孝武帝晚年,耽于淫乐,经常以让他身边宠爱的奴才打骂侮辱群臣取乐,但是见了蔡兴宗,则不敢加以谩词,对他说话很客气。奴才们更不敢打骂蔡兴宗,见了他都赶紧躲起来。蔡兴宗不苟言笑,身上那种守礼持正而带来的正气,使得皇帝都不敢对他过分放肆,举办宴会也从来不敢请他。当然,皇帝不敢跟你放肆,有所忌惮,不敢随便呵呼斥骂你,你就没有机会与他培养狎昵之亲,关系也就不会太融洽,不会成为哥们儿。也正因为这样,别的亲昵狎猥之臣,遭遇时局变故,奄忽得意,顷刻失落,而蔡氏一门,则淡泊稳定。

蔡兴宗依礼处事,举措无失,他的许多措施在别人看来都是高深的计谋。其实,他就是主张正心诚意待人,不屑用智,犹如后世曾国藩教导李鸿章：弱国办洋务，不可使用小聪明，不能耍赖皮，一切把握一个诚字即可，诚信可施于蛮貊。

蔡兴宗的儿子蔡约，在齐高帝时官至司徒左长史，齐明帝时官至太子詹事。齐明帝要选尚书，让百官脱了鞋，这在古人看来很失仪，就跟现在脱光了体检一样。想当尚书的官员都乖乖地脱了鞋接受检查，唯独蔡约衣冠整齐。有人对明帝说：他什么意思啊？大家都脱了，凭什么他端着不脱？他什么态度啊？这是对皇上您的大不敬嘛！齐明帝却说：蔡家是礼度之门，他这样端着，我喜欢。

31　惩罚的艺术

我在婺源的李坑村发闲贱（陕西方言，意思是闲得做无聊的事），买了一根家法，就是那种用木头削制的用来打人的东西。以前看戏台上演戏，家长生气了，要打孩子，说：请家法来！被打的孩子将一根类似棍子的家法取来，跪下，将家法高高地举在头上，请家长打自己。我觉得这个家法很有意思，外形看着挺漂亮的。

《三娘教子》中，寡妇王春娥白天织布，夜晚纺线，推干就湿，含辛茹苦地抚养前房留下的儿子薛倚哥，不料这孩子不好好读书，还顶嘴。凡顶嘴的孩子，必定以气对方为目的，所以王春娥被噎得一时语塞气涌，万千委屈悲愤聚集心头。孩子一看，真的惹祸了，也吓傻了。这时候，薛家的老仆人薛保出面，劝王春娥：孩子还小，不懂事，您就原谅他，消消气。单这样劝一方是不行的。试想，如果家长听劝消了气，孩子那边傻待着没表示，那长辈的尊严还是丢了。所以，薛保又劝薛倚哥：看把你娘气的，你赶紧去赔罪，把家法请来，跪地，将家法举在头上，让你母亲打你。薛倚哥不敢，怕疼。薛保教他：你对你母亲说，都是孩儿的错，请母亲责罚孩儿，给孩儿长个记性,下次再也不敢不听话了。你大声对母亲说:念在孩儿年幼,正在长身体,请母亲将家法高高举起,轻轻落下,打在儿身,疼在娘心……我说娘呀!您就免了吧!一番话说得很到位,又动人,王春娥的气也消了,一家人复归融洽。

我在旁边人身上使劲儿试了一下,问他们家法打人到底疼不疼,答案是:不疼,但响声挺大。原因是:它是一根木板中间掏空削成的,即空心的,因此打下去时两片木板相互抵消力量,虽声音大,但打击力小。家法用来敲敲肩背、放松筋骨还可以。

这就是古人的智慧:动用家法惩罚,目的是教育人,也让家长消气,并不是真正的家庭暴力。正如打你用的家法并不是真的实心棍子,是空心,不是真心要打,打不是目的,教育才是目的,让家长消气才是目的,恢复秩序、规范礼仪、还原规矩才是目的。

有时候家长真生气,随便抄起个家伙比如农具甚至刀枪什么的要打人,怎么办?"小杖受,大杖走。"家长真是动用了刀枪,也不是真的要把你当仇敌消灭,而是气极了,丧失理智了。此时,你一定要跑,躲避、逃跑就是孝道。否则,家长一时失去理智将你打伤打残打死,过后复归冷静,岂不是痛悔万分?所以,要跑,不跑就是成全家长的错误,就是陷家长于不义,就是不孝。

另一出戏《杀狗劝妻》,说的是楚国的官员曹庄,因为母亲年迈,就辞职回家打柴,赡养老母。那时候的人不像现在,士大夫要先齐家,家里的事安顿不好,就不愿意出来做官,朝廷也不欢迎这样的人当官。您说了,那为什么君王不给他一笔钱让他养母亲,别那么辛苦地打柴耕作？那时候的人不愿意不明不白地要别人的钱，即便一般老百姓，也信奉骤然得财，非人之福。没有功劳而得食禄，一来君王不会给，二来这些都是民脂民膏，自己无论如何也不能要。曹庄过着晴耕雨读的生活，经常砍柴到集市上去卖，换钱养家。他的妻子焦氏刁蛮馋懒，经常刻薄地对待婆婆。有一天曹庄上山砍柴，焦氏自己做好吃的，却不给婆婆吃，婆婆饿了一天，向焦氏要吃的，反而被焦氏打了一顿。曹庄回来，见母亲脸色不好，好像没吃饭的样子，就问母亲。曹母便有所保留地将焦氏一天刻薄待自己的事简单地说给儿子听，老太太还生怕自己给小两口儿翻是非。曹庄叫来焦氏问话，焦氏反咬一口，胡搅蛮缠，连哭带闹，把曹庄都搅和蒙了。焦氏得寸进尺，要曹庄将母亲赶出去，不然就离婚，曹庄不跟她一般见识，均不答应。焦氏蹬鼻子上脸，激曹庄没本事，说要是有本事就拿一把钢刀将她焦氏杀了。话说到这个份儿上，真是逼鸭子上架，逼哑巴说话，欺负老实人欺负到家。曹庄一时气极，大喝一声，拔出一把钢刀，就照着焦氏劈了过去。焦氏吓得魂飞魄散，撒腿就往曹庄母亲房中跑，嘶喊求救。曹母见状，连忙阻拦曹庄，举起拐杖隔架曹庄的刀。曹庄愈加气愤，反复扑杀焦氏，撵得焦氏满屋子乱跑乱躲。这时候，曹家的一条狗凑热闹，跑过来也跟着吠叫，曹庄向焦氏奋力一砍，怎么那么巧：焦氏一缩脖儿，狗一仰脖儿，"哗啦啦钢刀起狗头落下，把一个焦氏女活活吓煞"！曹庄砍了狗头，诧异间，被母亲的拐杖打落了钢刀。焦氏又扑上来抱住了曹庄的双腿，求饶不已。这出戏依我看，数秦腔老艺人宋上华与杨令俗两位先生演得最好，现存的录像是两位老先生六十多岁时的演出实况，十分耐品味琢磨。宋上华先生扮演的焦氏，虽刁蛮馋嘴懒惰，但不似别人演的那么粗俗，有一种戏中人的感觉。反观他人，演焦氏为追求效果，恨不能在台上撒泼，就很低俗了。您不信，可以对比一下。我观宋上华先生的表演，心想：即便传说中的荀慧生、筱翠花也不过如此。

这里要说的是曹庄惩戒妻子焦氏，好说歹说都不听，气极举刀就砍这出戏。我过去看，总觉得杀狗跟劝妻关系不大，即缺乏必然的、内在的因果关系。现在思之，关系正恰：但凡人被气到曹庄那个样子，情绪极度亢扬激动，胸中怒气勃郁壅塞，那就非要向现实对换点什么后果不可了，否则那个情绪落不下来、气愤难平。就是说，曹庄如果是个外人，焦氏再胡搅蛮缠，用话激他，也不至于挨刀被杀。但是人在气头上，很难有板有眼地处理问题，所谓"激情杀人"一说，用在这里合适。这时候，那条该死的狗充当了英勇献身的角色，用它的头和鲜血消解了曹庄的怒气，满腔的激愤算是有了一个着落点。否则，曹庄非要杀了焦氏不可。

焦氏经此惊心动魄的场景，可谓死里逃生，此后身心大受刺激。加上曹母的劝慰，焦氏表示要痛改前非，孝顺婆婆。戏在欢乐中落幕。

人与人闹矛盾，往往以气对方为能，以气对气，这是很不明智的。惩戒晚辈下属，不是你死我活那种真仇恨，不是变态地真的要伤害对方，施惩者和受惩者均要有一个默契。所以，做晚辈下属的，要能认错赶紧认错，千万别顶着，为一口没意义的气顶着，对谁都不好。若将恶气变成现实的恶果更不好——钢刀向你砍过来，未必有条该死的狗正好仰起它倒霉的脖子。

32　十岁小孩儿的风度

南朝齐高帝第十六子萧铿小朋友,被封为宜都王。小王爷十岁那年,奉命去一个地方巡视。人家虽然年龄小,但地位高,是大官员,外出巡视是帝王家对小孩子的锻炼,其实就是去玩儿,那也得叫巡视。

王爷驾到,地方官员忙坏了,赶紧收拾街道卫生,把店铺的招牌都统一了,全都变成那种条条框框的样子,看起来整齐而无个性、无区别,卖粮米油盐的跟卖男女情趣用品的没什么区别,看起来让人眼晕。虽然不美观,水平不高,但是绝对整齐,能让人感觉出地方官的恭敬和忠心。

可是,百密一疏,还是出了纰漏:当地召集一定级别的官员开会,给王爷汇报工作,会议室布置工作不细致,安检不到位,王爷座位背后的屏风没有安装好。十岁的宜都王萧铿小朋友坐下,清了清嗓子,刚一开口,屏风就倒了,巨大的屏风正好压在小王爷的背上!

地方长官当时就吓得背过气去了,其余官员也大都尿了裤子。可是,宜都王萧铿小朋友,"颜色无异,言谈无辍",就是脸上一点儿都没有惊愕、诧异，更没有不高兴的意思，就跟什么事也没发生一样。屏风被移开，宜都王萧铿说：没事，咱们继续开会！他见地方长官吓昏过去了，许多官员都被吓得尿裤子了，一摆手，让随从给地方长官掐人中，把他救过来。十岁的宜都王萧铿小朋友在满屋子尿臊味儿中，给官员们作了一场精彩的工作报告。萧铿讲话时，声音从容镇定，徐疾有度，内容条理清晰，高屋建瓴。史书的记载都夸奖萧铿小朋友雅量加达观，简称：雅加达。

南朝沈道虔家屋后有一片竹林，竹笋欲破土时节，总有人去偷他们家的竹笋。家里人抱怨，说应该报警，至少要投诉。而沈道虔却让家里人买了一大堆比自家竹林长得还大的竹笋，派专人在路边蹲守，一旦有人挖他们家竹笋，就上去说：这片竹子是要让它们长成竹林的，您如果想吃竹笋，我们给您买了更大的，还是绿色无公害食品。人皆惭愧而去，竹林得保。

北周官员伊娄谦奉命出使北齐，随行的参军里头出了个叛徒高遵；他私通北齐，让对方把伊娄谦扣押下来了，作为人质。其时周齐交恶，大战在即。伊娄谦在齐受了很多苦。后来北周把北齐的并州打下来了，抓了许多俘虏，其中就有叛徒高遵。北周武帝宇文邕让兵士押着高遵到伊娄谦跟前，并派通信员传旨：皇上说了，叛徒高遵交给你，你怎么折腾他都可以，"任令报复"。伊娄谦面见周武帝，说：当时情况复杂，高遵叛国固然可恶，但依人之常情，他也有可谅解之处，请陛下收回成命吧！臣个人不报复他。周武帝说：那好！那就把他带到外面去，让过路的人每人朝这臭不要脸的高遵脸上吐一口唾沫，让他知道叛国的耻辱。伊娄谦又磕头上奏：高遵的罪又不能用吐唾沫解决，这样显得咱们没品。周武帝宇文邕手指着伊娄谦，又气又笑：哥儿们啊！你让我说你什么好呢？你可真是个淡定哥！

　　写至此，想起一件事：中学时，有同学当了飞行员，我们那里叫验上了空军。同学们赶去送他，我从县城骑车去，路过某镇，公路上晒了许多玉米秸秆，任人踏车碾。我骑车过，突然两个在路上玩耍的小朋友中一个小女孩跑了过来，踩到秸秆滑倒，我的自行车正好从她的小腿上碾过去。小女孩哭了，我下车，吓坏了。这时，小女孩的爸爸走过来，将孩子扶起来，让孩子走了走，没事。旁边有个妇女嚷嚷：让他把娃弄到医院检查去！小女孩的爸爸冲我摆摆手说：行了，你走吧！要是现在遇到这样的事，会发生什么样的情况呢？

33 赢官司要少打

安徽桐城有处名胜，名叫六尺巷。六尺巷名字的来由跟一个故事有关。

康熙年间，桐城人、文华殿大学士兼礼部尚书张英接到老家来信，内容是张家与邻居吴家因宅基地产生了纠纷和诉讼。两家都是祖上留下的老宅，时间久远，历经翻修，界墙位置有点模糊，为此争执起来。张家写信给在京城当大官的张英，要求他利用权势干预此事。张英接信，随手在信上写了一首诗，让来人带回去。诗云："一纸书来只为墙，让他三尺又何妨？长城万里今犹在，不见当年秦始皇。"

张家人接信，遂让出三尺；邻居吴家因此感动，亦让出三尺。于是，就让出一条巷子来，共六尺，是为"六尺巷"。

在陕西蒲城县也有一条巷，名曰：达仁巷。它背后的故事与六尺巷几乎一模一样，只是故事的主角变成了蒲城人、道光帝的老师、军机大臣王鼎。达仁巷也是蒲城名胜，但宽不止六尺。

王鼎显然比张英晚，若说王鼎顺便抄写了前辈张英的诗，似乎是可信的。这也证明了王鼎善于用本朝的故实处理矛盾，可谓善假于物也。

两个故事，有先后之别，但没有轻重之分，故事的主人公都令人敬重，他们都完美地用行为诠释了"厚德载物"的思想。

现在，"厚德载物"这四个字跟"宁静致远"一样，被书法家写滥了，但却很少有人将它真正的意思烂熟于心，更鲜见付诸行动。

《礼记》云"狠毋求胜"，意思是说，与人发生争讼，不要力图求胜，不要为了赢而赢。能赢就赢，如果有理还曲折不能赢，那必有别的原因，这就是你在此事情上遭遇的宿命。你非要争强好胜，非要赢，必然会因狠强以害物，很可能最后没什么好处。民间有句老话也是同样的意思，已经被现代人忘记了，即"赢官司少打"。这话会被现代人认为很窝囊，凭什么赢官司还要少打？因为事物是复杂的，不是诉诸讼词那么简单，言辞所承载采纳的，必然有所取舍，因此，过于执着，难免会有失"恕道"。何谓"恕"？恕即"曲尽人情"，须探幽发微，尽可能获得事物细微的缘由，得情不屈枉人。但是，人总不能把时间花在一件事情上啊！处理问题留有余地，是为了使自己不至于日后获得新情况时，对现在简单的判断和处理产生动摇与怀疑，或者因今天结果的些许失误，将来良心上受不了。所以，古人采取最节省的办法：让。让，即容物厚德。君子深知自然之理，不强行违背，所以能包容万物，连欺负自己的也能包容。

张英、王鼎不愧为前代贤君子，用最节省、最便捷的办法，将圣人的思想化为浅近的方式，轻松地处理了那些见识狭隘鄙陋者纠结上火的矛盾，为后世留下了足以教化愚俗的佳话和名胜。

比张英和王鼎还能包容的，是明朝的礼部尚书杨翥。杨翥当那么大的官，生活却极其简朴，交通代步，不坐轿，骑毛驴。他十分爱惜自己的毛驴，毛驴一见杨翥就高兴地叫唤。杨家的邻居老年得子，爱如掌珠。但是，这孩子一听驴叫就哭，怎么哄都不行。杨翥知道这个情况，就悄悄把驴卖了，改为步行。他家另外一边的邻居，每逢下雨，就把水排到杨家这边，把杨家门口都淹得没法通过，杨家人很生气，想找邻居说说理。杨翥说：这没什么嘛！毕竟一年当中，晴天多，雨天少。这户邻居见杨家很窝囊好欺负的样子，就得寸进尺，在翻修房屋的时候，侵越了界限，占了杨家的一些地方。杨翥为此作诗曰："普天之下皆王土，再过些儿也不妨。"一点都没有要争论的意思。他出入路过邻居的工地，还笑吟吟地和人打招呼。邻居终于受到感化，赶紧将房屋退回自家的界限以内去了。

杨翥非常明智：对于是非道理很明显而故意侵害他人的愚顽之辈，你是不能与他讲理的，因为他就没打算讲理，也听不懂道理。这种人，不能与之理论，只能以厚德感化之。感化还不一定能看到效果。所以，不与他费口舌纠缠。上天生此愚顽，自有此愚顽的去处，让这愚顽与你遭遇，正是派了个差事，替天行道，用厚德感化之。只有你这种贤君子可能感化他，而不能让他把你影响得跟他一样。这就是不与他一般见识。

杨翥为人如此厚德，慢慢地被朝野所闻。后来紫禁城的金水桥建成了，根据礼俗，皇帝下旨，要朝臣推荐最有厚德的人试涉，即第一个过桥，荣耀程度类似今天的剪彩，群臣首推杨翥享此殊荣。

34 王旦的雅量

诗人、学者刘斯翰先生应"说文解字——中华经典古诗文公益课堂"活动组织者邀请,来深圳讲苏东坡的词。先生讲苏轼的生平遭遇:苏轼初反对王安石新法,得罪改革派,被贬黜至边远地带;后蒙召赐还,其时变法失败,朝野皆诋訾新法和王安石,苏轼又为王安石和新法辩护,认为新法和王安石并非如反对者说的那么坏,如此,又得罪了保守派,再次被贬黜至边远地带……

听刘先生讲至此,不禁怦然心动——此正"中庸之道"也!当年在学校,张振林先生讲容庚先生逸事:某次大的政治运动中,学校召开教师政治学习会,会上揭批运动中被打倒的大人物。轮到容庚先生发言,先生慢慢悠悠地说:某某嘛,也是不得已的呀……于是先生被批政治上不够敏感清晰云云。先生被当场批评,但面色安泰,步履从容。走回家的路上,沐风观花,如闲庭信步。这一情景,一直在我脑海中。先生境界,令人神往之至。容庚先生如苏轼一样,可谓深得中庸之道。《礼记》云:"爱而知其恶,憎而知其善。"

宋朝寇準与宰相王旦在许多事情上意见屡有不合,寇準为人磊落但性子急，不免经常在背后说王旦的坏话，甚至经常向皇帝告王旦的状，打小报告。王旦却从不说寇凖的坏话，每当皇帝问王旦关于寇凖的为人品格和为政能力时，王旦只称赞寇凖的优点，不说他一个字的坏话。时间久了，皇帝纳闷：这王旦的城府也太深了吧？于是就把话挑明了：寇凖经常在朕面前说你不好，你却经常在朕面前说寇凖的好，这是为什么？

王旦缓缓回奏：微臣也是人，听到坏话内心也会有感触甚至气恼，但是，人不能跟随自己的情绪走，身为宰相更要克制。臣位居宰相多年，朝廷人多事繁，难免会有疏忽和失误，寇凖说的都没有错。虽然年轻人言辞尖锐，但他的用心是好的，而且为人非常能干，是他这一级别官员中的佼佼者。他到陛下面前说臣的不是，可见他没有什么隐瞒，不考虑个人的利害，没有老于世故，不圆滑，我大宋朝就需要这样忠直的官员。

皇帝因此更敬重王旦。寇凖任枢密院直学士，王旦的中书省有文书送给枢密院办理，有时候因为王旦手下的人起草的文书不合乎格式，寇凖会上报，王旦因此受到皇帝的批评。但王旦对此不介意，只交代手下人今后注意，并按规矩处罚堂吏，即具体负责这一工作的官员。有一次，寇凖的枢密院送来文书，也不合诏令的格式，王旦手下人认为报复寇凖的机会来了。但王旦只是让人把文书送还寇凖，请他修改后重新送过来，再上报皇帝。寇凖两下对比，深为叹服，非常惭愧。他问王旦：您怎么会这么大度呢？王旦没回答他。

寇準曾经向王旦求官，王旦回答：朝廷的官怎么能私下求呢？寇準为此很不高兴。过了不久，朝廷便任命寇準为节度使同平章事，相当于副宰相。寇準入朝拜谢皇帝，皇帝说：这是因为丞相王旦一再向朕举荐你。寇準万分惭愧，自觉德量远不及王旦。自己虽忠直为公，但却常常会因为一点不如意而发牢骚，生怨气，跟王旦比，真是差得太远了。

寇準生活习惯讲究，在担任地方要职时，过生日大操大办，被人举报。真宗皇帝阅奏，很生气，对王旦说："这个寇準，过个生日，比给朕过生日还奢华，怎么回事？"王旦不紧不慢地回答说："寇準是个有德有才的人，不会如此无知！"真宗皇帝听了，遂不再过问此事。

孔子说"以直报怨"，实在是处理人与人矛盾、息讼平怨的无上法宝。遇事待人，能"以直报怨"，可不是什么人都轻松做得到的，必须先有宏大的器量，有仁者的胸怀，"惟仁者能爱人，能恶人""爱而知其恶，憎而知其善"。如苏轼、容庚先生，皆仁者君子也，才会在汹涌的群体情绪中，从容地做到不偏不倚，而不是走极端，随大流。反过来说，谁违忤我，我就封杀谁、抵制谁等，只能激化矛盾，而坚定对方之心，集敛怨恨，没有丝毫益处。

35　量小非君子

　　人有量，实是天赐造化，非学所能及也。量小非君子，一个人的胸襟肚量，似乎是与生俱来的，有量之人在容忍常人所不能容忍的事情上，往往让人不可思议。

　　南朝宋名臣褚渊，字彦回，有个门生偷了他的衣服，被他发现了，门生吓得要死，褚渊却安慰对方："赶紧藏起来，不要让人发现。"门生羞愧地走了。后来门生有了出息，读书做官，来见褚渊，褚渊就像什么事都没发生过一样，"待之如初"。

　　南朝梁人何点，高才率性，朝廷屡次请他做官，他都逃跑了，不干。他坐车在街上走，有人从车后偷他的衣服。旁边人看见，大呼小叫地把贼抓住了，扭送到何点的车前。何点啥话也没说，把自己的衣服送给盗衣者了。

　　北魏中散大夫刘仁之，家里有个奴婢趁他午睡的时候偷他的东西，不巧被刘仁之翻身时发现了。刘仁之赶紧将眼睛闭上，装熟睡，就像没看见、没发生过一样。后来和人谈起这个事，他一点都没有生气的意思。偷东西的奴婢背后还向人炫耀，甚至嘲笑刘大人。有人传话到刘仁之那里，刘仁之笑了笑，什么也不说。

明朝人张知在国子监读书，他的箱子里有十两银子，被一个同学偷了。此事被学官知道了，调查所有学生，搜他们的箱子。银子从那个同学箱子里搜出来了，但张知却说：这不是我的银子。学官说：你确定？张知说：确定！此事不了了之。张知这样做，一是为保全所有人的脸面，二是不愿意让那个偷银子的同学从此一生都毁了。深夜，那个偷银子的同学找到张知，忏悔自己的所为，感激并归还银子。张知看到这个同学太穷了，就将一半银子赠送给他。

明朝四大才子之一的文徵明书画卖得贵，有人用赝品冒充真迹让他鉴定，文徵明看都不看说：真的！是我画的。有人问他：您这是怎么了？看都不看就说是真的……文徵明说：卖画求售，必是贫苦之人，没办法才用赝品冒充真迹，我要是说假的，说不定他一家人都因此挨饿了。反正能买字画的，都是家有余钱的，自己不会看，挂着也能当真的看嘛。这样也算是均贫富了。

清光绪年间，身材矮小又驼背的福建人高乃超，背着一个水货留声机到扬州混，听留声机的人要将一个皮管子紧紧抵住耳朵，才能听见像蚊蝇发出的那般大小的声音，但这在当时已为新鲜玩意儿。高驼子借此积攒了一些原始资金，开了一个酒楼。酒楼被一群落魄的扬州文人赊账吃垮了，他就用剩余的钱开了一个仅有一间半门脸的小茶馆：惜余春。以前赊账欠账的落魄文人们来了，他照样笑脸相迎，恭敬地伺候。那些文人不善治生，生活很窘迫，但架子不倒。高乃超的女婿撰文说：生逢末世，人才如恒河细沙，可惜不能为国家所用。高乃超从内心对读书人很尊敬，哪怕他们身上有很多坏毛病、怪毛病。慢慢地，欠账的人又多了。有的人欠账，自己也会不好意思，高乃超见了这样的人，总是先主动打消别人的尴尬。有时候他到街上走过，远远地看见一个欠账的读书人走过来了，作为债主的高乃超自己先赶紧找个地方躲避起来，以免迎面碰上，让对方不好意思。

世易时移，那些曾经的繁华都已成云烟。至今扬州人感念高乃超：有胸怀，有雅量，在最艰难的时候，以一方狭小空间给予读书人一点力所能及的温暖和关照，是那个晦暗的末世对读书人的一丝悲悯与同情。

写至此，突然想起了我的祖母：老太太有一回走亲戚，走路去，刚出村就被一个骑摩托车的冒失小伙子撞倒了。此情景恰巧被在地里干活的同村人远远地看见了，大呼小叫地就要跑过来。小伙子吓傻了，待在摩托车上，十分纠结：走也不是，下车也不是。这时我的祖母撑着起身，坐在地上急促地对小伙子说："娃呀！你赶紧走！赶紧走！我儿孙多，他们来了你怕走不了了。快走快走！"小伙子听罢，骑车就跑了。

36　心肺肝胆

去湖南新化，于天门乡梅山之巅寻访寒茶，夜宿山巅小屋。山区手机没有信号，围炉夜话，品茗间，聊到清末新化人陈天华，又聊到与陈天华同时代的徐锡麟——徐锡麟是被人杀了吃掉心肝的。吃人心肝，古已有之。比如清初平南王尚可喜在广州时，就吃人肝六十六副，凡剿反叛者，捕获即食其心肝，以震慑其余。因此，我理解尚可喜这样吃人肝，不一定是人肝有多好吃，其意在塑造他的凶悍形象，甚至用食人肝来包装他自己，使他大异于常人，增加神秘震慑力。

柳开，宋太祖开宝六年（973）进士。其人性格极其慷慨豪爽，内心磊落。当然，这种人不免性格急躁，对小事尤其不耐烦，能为非常之举而立功名，不屑于日常琐屑。他崇拜唐代的韩愈和柳宗元（柳开号称自己是柳宗元的后人），曾一度将名字改为肩愈，就是能与韩文公比肩。又以"开古圣贤之道，开今人之耳目"为抱负，改名柳开。其为人十分高傲，也粗疏。但是，大宋朝的环境给了柳开这种人以生存的机会，而且让他活得十分风光。换个别的时代，他这种人走不了几步就会大受阻蔽，深陷泥淖，毙溺当途。

柳开也吃人心肝。皇帝看中他的胆魄，派他去很难治理的全州当官，他对当地那些经常闹事的部落发告示：限你们及时来归顺，给你们好的待遇，向朝廷举荐领头的当官享受俸禄，否则我就要起兵剿杀了；剿获者，我会吃你们的心肝。柳开吃人心肝非常高调，凡派兵剿灭反叛，部队还没报捷，他先在衙署将桌子摆上，将调料放好，兴奋地专等抓获的反贼，一到即"抽佩刀割啖之"。旁边看的人两股战战，"坐客悚慄"，他却吃得津津有味。别的州郡抓获了叛贼，他也派人快马取肝来吃（"遣健步求取肝以充食"）。柳开故意以这种形式，塑造自己的恶魔形象，目的也在于震慑他人，故其当官所经略处，一境安平，民众不敢反叛。

柳开经常给皇帝上书进谏，言辞非常难听刺耳，近乎讥刺，甚或谩骂。比如他模拟王昭君给汉朝皇帝上书的语气写了一篇文章，说：外面人都说我王昭君对皇帝您派我去塞外和番，心中有怨愤。他们这是胡说！是污蔑！是黑我！我根本没有怨气，我不但没有怨气，我还高兴得很。为什么？因为皇帝您没别的招儿了，满朝官员居高食禄，而文臣不能谋划于朝，武将不敢征战于外，"出臣妾于掖垣，妻匈奴于沙漠。斯乃国家深思远谋，简劳省费之大计也"。我一个弱女子，能"安国家，定社稷，息兵戈，静边戍"，充当文武百官的作用，皇帝您将这千载难逢的万世功劳让我一个弱女子独自包揽了，这不是比天还大的好事吗？我摊上这种好事，内心激动得想感谢全人类呢！我哪儿还抱怨啊！我还要给皇帝您提建议：抓紧在宫中培养像我这样的女子，万一我死了，得有人跟上啊！……语言夹枪使棒，读之令人魂飞齿震。柳开将自己的文章当即进呈皇帝。皇帝当然看得明白，这是批评当朝官场风气颓靡，不思进取，人人只求谋私利而罔顾国家长久安危。不但如此，柳开还高调地将此文公开，传播于坊间，这等于给皇帝和百官以舆论的压力。

士子激切进谏，本不足为奇。奇怪的是宋朝皇帝竟然不生气；不但不生气，他还由此看出柳开的肝胆，"如见肺肝然"，知道柳开虽言语激烈，但用心是光明无私的，而大宋朝就需要这样的人。

柳开为人这样粗疏豪迈，真性情倾泻，哪怕是在宋朝，一定也是谤怨缠身。可是，当时有个高僧居然评价说他有佛性！其实，不论是柳开，还是和尚，都是一般人所不能理解的。宋朝皇帝还很喜欢柳开。

怎么能看出皇帝对柳开不是容忍而是喜欢呢？柳开在润州做知州时，他的妻子去世很久了。当地有个姓钱的官员，其父亲也是当官的。柳开去人家家里做客，偶然发现人家有个美貌的女子，就问钱某这是谁。钱某说：我妹妹。柳开说：我妻子去世了，已经出了服丧期限，就让你妹妹嫁给我吧。钱某说：柳大人，等我父亲从朝廷公干回来再说吧！不等父亲回来就做决定，这样不合适，我做不了主啊。柳开说：以我的才学，不会辱没你们钱家的。柳开居然强娶了钱氏。钱父非常愤怒，就到宋真宗面前将柳开告了，说他作为朝廷命官，居然强抢臣女。真宗一笑，问：钱爱卿，你认识柳开吗？

不等钱某开口，真宗皇帝说："真豪杰之士也，卿家可谓得嘉婿矣！吾为卿媒可乎？"意思是说：柳开是个英雄豪杰，你得了这么好的女婿，我都为你高兴！我当这个媒人可以吗？

宋真宗真是圣明，一言解纷，片语息讼，依情顺理，臣子的面子给得很足，皆大欢喜。他珍惜的是柳开这样的士子肝胆。

37　生正逢时

有两个成语：水滴石穿、不学无术，皆出自宋朝人张咏。

张咏文武兼备，是个很聪明能干的人，却也是个毛病很多的人，性情暴躁就是其中一点。科举考试，自以为试卷答得很好，可是考试结果出来，成绩不理想。张咏同学生气了，将儒生穿的衣服都扯烂了，发誓再也不读书了，跑到华山去跟陈抟老祖学道。陈抟给张咏看了面相，跟他交谈后对他说：你这个人将来是有作为的，朝廷会重用你，但你是个消防员式的官，即干活有你，享福没有你。回去吧！为朝廷和黎民做点事。

张咏受到陈抟老祖的鼓励，又回来读书了。

后来，张咏果然获得朝廷重用，任益州（治所在今四川成都）知州。益州有个地方小官，也是读书人，上级命令官员之间相互提意见，这个小官不愿意这样做。张咏说：不做可以，等你退休了再说。这个小官也是个暴脾气，说：退休就退休！随即写了申请。文中有两句牢骚："秋光却似宦情薄，山色不如归兴浓。"张咏读到这里，突然不生气了，还欢喜不已，赶紧跑到小官那里去，紧紧地握着那名官员的双手,一个劲儿地抖:哎呀!老哥,都是张某我错了、我错了,不知道我们益州的官员队伍里还有这么好的诗人啊!接着,张咏对这名官员诚心挽留,并礼敬有加。

有个姓彭的书生拜托一位和尚将自己的文章拿给张咏看,希望得到张咏的赞赏。不料,张咏看了彭文,一句话都不说,就将文章扔到地上。小彭十分伤心沮丧,下定决心刻苦读书,以求取功名。这一年,小彭即将进京参加科考,张咏让和尚找到小彭,对他说:从前你让我看的文章,我看了,无一语褒贬就将你的文章扔到地上,这似乎是羞辱了你。其实当时我非常喜欢你的文章,但恐怕当时赞扬你,你会因此骄傲而生自满之心,不再上进,所以故意把你的文章扔到地上,以此激励你。依你的文才,你将来的官职会比我的要高,我个人赠送你一些钱,助你进京考试。好好干吧!

张咏的性格就是这样,看似峻刻,实则宽阔有容。

张咏虽然毛病很多,但却得到很多人的宽容和赏识。

张咏在益州做知州,初来乍到,有个老油条小吏常跟他闹别扭,难为新来的老爷,大不敬。这是过去衙门的恶习。吏役都是当地人,一干很多年,是铁打的营盘;官员是朝廷派的,是流水一样的。所以,通常吏役会给新来的老爷下马威,以此试探老爷的深浅,以后好对付。张咏想教训这个老油条,让人用枷锁将这个人锁了。不料,这个老油条非常刁恶,死活不肯再将枷脱下来,并要挟张咏:这玩意儿戴上容易,脱下来难。这样要挟上司,耍无赖,在过去就是大罪。张咏一看,性起:嘿!给老子耍青皮?这有何难?张咏命人将这个老油条按倒在地，他亲自举起刀，对着还连在老油条脖子上的枷就砍。边砍边说：看看，这有什么难的？这不是很容易吗？阖衙震栗，无不规规矩矩地听从命令。

这样的性格，移于朝堂，很难不得罪人。张咏担任御史中丞时，有一回批评宰相张齐贤失大臣体，得罪了宰相，宰相伺机在宋真宗面前说张咏的坏话：陛下您看张咏的性格那么粗鲁急躁，他怎么会写文章，都是他的儿女亲家王禹偁代他写的，他这是在蒙您哪！真宗闻言很震惊。有一回，真宗不动声色地对张咏说：把你平常写的诗文拿来我欣赏欣赏。张咏不知是皇帝检查，如实呈上。真宗读张咏诗文，大为赞赏，又不动声色地赏给他一柄极其精美的扇子。

宋朝人说，一个贤达的官，应该识得行己用世规模，推诚心，布公道，集谋虑，广忠益，量足以容君子，识足以辨小人。张咏生在宋朝，实在是生逢其时，他的性格那么乖张，却有那么多人能赏识他，使他能够为朝廷处理许多急事难事，建立功业。

今之人有谓成熟者，量人衡才，唯取平庸，稍有个性，则不为所容。容小人而不容君子，与众小人狎昵无间而心安踏实，一君子在侧静默而心神不宁，必欲绝之而后快。

38　游必有方

徐霞客的死跟旅游有关，旅游损耗了他的身体，他最后一次旅行染上疾病，归来后不久就去世了。旅游在古代是很危险的事，所谓"危邦不入"，旅途中种种障碍和危险对人的威胁很大。王安石说："古人之观于天地、山川、草木、虫鱼、鸟兽，往往有得，以其求思之深而无不在也。夫夷以近，则游者众；险以远，则至者少。而世之奇伟、瑰怪、非常之观，常在于险远，而人之所罕至焉，故非有志者不能至也。"王安石写这篇游记，是给自己打气。他观察到当时宋朝上下积弊已深，虽然自己位卑言轻，但有志于改革变法，以救宋朝贫弱之局。王安石说一生做事就像探险游历，太平淡了，谁都能去，所以没意思，只有"有志者"，才能欣赏到"世之奇伟、瑰怪、非常之观"。

古人的旅行，当然受到经济条件、交通条件等制约。尽管如此，还是有人愿意行万里路，以观山川之美，览风物之盛，感怀往昔，变化气质。旅行，使人见世面，了解到世界的丰富多样，开阔眼界的同时，气质也会有所变化。

第二章 功名富贵皆春梦

孔子向往那种没有功利的、轻松的旅游:"暮春者,春服既成,冠者五六人,童子六七人,浴乎沂,风乎舞雩,咏而归。"他带着学生走了很多地方,途中数次遇险,几度绝粮,屡遭困厄。然而,孔子此行不是一般人释放欲望、兑现欲望的旅游,他是在其中寻求实现自己理想的平台。

司马迁二十岁那年,从长安出发,到各地游历。后来回到长安,做了郎中。他几次同汉武帝出外巡游,到过很多地方。三十五岁那年,汉武帝派他出使云南、四川、贵州等地。此行,他了解到当地一些少数民族的风土人情。俗话说:"见不见,差一半。"司马迁读书洞见前代圣贤之心,游历又见四方风物,所以他胸怀广大,眼界广远,见识深宏。后来,他虽遭受腐刑,却于常人所不能忍受之屈辱中,完成千古《史记》,成就史圣伟业。

现在有的大学生找工作,连个简历都写不好。我常对人讲,求职者应该看看宋朝苏辙的那篇著名的《上枢密韩太尉书》。嘉祐二年(1057)三月,苏辙与哥哥苏轼同榜进士及第,按照惯例,先后写信给当时的考官及当朝宰辅等人,以表示感谢和请教拜谒之情。当时,韩琦担任枢密使,名德甚高,苏辙便给他写信请求拜谒。一个普通书生,如何能获得当朝宰辅的接见?这就要看苏辙的信是怎么写的了。

苏辙说:我今年十九岁了,我以前在老家,所交往的不过是邻居同乡这一类人,所看到的不过是几百里之内的景物,没有高山旷野可以登临观览以开阔自己的心胸。诸子百家的书,虽然无所不读,但是都是古人过去的东西,不能激发自己的志气。我担心志气就此而被埋没,所以果断离开家乡,去寻求天下的奇闻壮观,以便了解天地的广大。我到关中,经过秦朝、汉朝的故都咸阳、长安,尽情观览终南山、嵩山、华山的高峻,向北眺望黄河奔腾的急流,深有感慨地想起了古代的英雄豪杰。到了京城,抬头看到天子宫殿的壮丽,以及粮仓、府库、城池、苑囿的富庶而且巨大,这才知道天下的广阔富丽。

说这些还不够,这只是一个人普通的旅行,尽管一般人很难做到,但苏辙因为家里有父兄的支持,他能做到。当时朝廷有制度,求功名有求功名的途径,功名要自己求,不能乱来。历来都是如此,到了清朝,云南巡抚贾洪诏的女婿丁柔克就在他手下,他也不敢给女婿半点关照,更别说破格提拔。他只是在女婿的个人文集序言中赞赏女婿:"为人美姿容,壮志有奇气,酒酣耳热则起舞。思欲效命疆场,顺则鸿毛,钝则马革。"

苏辙说自己旅行走了很多地方,增广见闻,开阔眼界,紧接着转到了人。他说:我见到了当今文坛领袖、翰林学士欧阳修,聆听了他宏大雄辩的议论,看到了他秀美奇伟的容貌;和他的那些学生贤士大夫交游,这才知道天下的文章都汇聚在这里。

说了欧阳修,这是当时公认的正人君子,士大夫的领袖和代表,享有无可比拟的威望。苏辙说到这里,才说出了他的关键话语:我从旅行途中,到各地的所见所闻,尤其是从欧阳公和他的学生那里,知道我们国家现在富裕安定,四周的蛮夷不敢侵扰,这都因为韩太尉您执掌军政。太尉以雄才大略称冠天下，全国人依靠您而无忧无虑；在朝廷，您像周朝的圣贤周公、召公一样辅助君王，治理国家有方；对外，您领兵出征，像古代的名将方叔、召虎一样御敌立功。可是学生我至今还未见到您呢。您看我旅行那么多地方，见识了天下所有好风景，拜见了文坛最好的读书人，如果能再有机会拜见您，获得您的鼓励和教导，那就完满而无遗憾了。

一般人看到这里，会认为苏辙是在拍韩琦的马屁。其实不然，过去读书人对前辈上司恭敬是规矩。前面说了，上司是不会给你特别关照的，因为有规矩拘束着。苏辙是通过这封信获得韩琦赏识的。他同时又说：苏辙我年纪很轻，还没能够通晓做官的事情；先前来京应试，并不是为了谋取微薄的俸禄，偶然得到了它，也不是自己所喜欢的。

39　利令智昏

李鸿章初办洋务，没有经验，他的老师曾国藩问："你打算怎么和洋人打交道？"李鸿章说："学生也没有打什么主意。我想，与洋人交涉，不管什么，我只同他打痞子腔。"曾国藩手捋胡须，良久不语，徐徐启口道："呵呵，痞子腔、痞子腔，我不懂如何打法，你试打与我听听？"李鸿章知道老师不认可，赶忙改口："学生信口胡说，错了，还求老师指教。"曾国藩目视良久，说："依我看，还是用一个诚字，诚能动物。我想洋人亦同此人情。圣人言忠信可行蛮貊，这断不会有错的。我们现在既没有实在力量，尽你如何虚强造作，他看得明明白白，都是不中用的。不如老老实实，推诚相见，与他平情说理，虽不能占到便宜，也或不至于过于吃亏。无论如何，我的信用身份，总是站得住的。脚踏实地，蹉跌亦不至于过远，想来比痞子腔总靠得住一点。"

李鸿章得了老师的点化，自谓得了锦囊，日后屡经实践检验，"果然没有差错"。

这里的痞子腔，就是曾国藩说的虚强造作，虚强造作就是心怀妄想。其实，任何妄想都是很容易被人看穿的。

所谓"神者，智之渊也，神清则智明；智者，心之符也，智公则心平"。欲神智清明而明断是非，明于成败者，要在去妄。妄心干扰公心，公心未明，虽人君圣贤亦不免自我蒙蔽。而欲攻一国，欲去一敌，要在煽动其妄心，摇漾其妄念，妄念一生，百事不成。

孔夫子在鲁国当宰相，在他的治理经营下，鲁国很快呈现出兴旺的景象。邻国齐国害怕了，齐景公立即抛出了"鲁国威胁论"，说：鲁国如果强大，第一个兼并的必是我齐国，应当想办法遏制鲁国，不让它发展强大。

齐大夫犁鉏笑着回答说：除掉孔仲尼很容易，就像轻轻吹去一片羽毛一样。咱们齐国给鲁哀公送上厚礼，再选八十位美女，教之以歌舞音乐、各种娱乐的绝活儿，鲁哀公贪财好色，必然沉溺在金钱和美女中，必然荒怠疏于政事。这样，仲尼必然前去诤谏；他一诤谏，鲁哀公必然不听；鲁哀公不听，仲尼就待不下去了，必然离去；仲尼离去，那不就……

齐景公依计而行。果然，鲁哀公不听，孔子对鲁国失望，遂辞职，到别处寻求施展理想抱负的环境去了。

鲁哀公蒙蔽于财货声色而去贤良，昏聩误国。

秦国攻打韩国，韩国的上党郡与国都的交通被阻隔，所以韩国打算将上党郡割让给秦国来换取和平。但是，上党郡守冯亭不愿割地赂秦，又认为韩国已经抛弃了上党，不如投靠当时军事强大的赵国，以求庇护。赵国的平原君赵胜面对突如其来的大便宜，高兴得

163

昏了头，不仅接受了冯亭的归附，还给他在赵国国君面前请封邀赏。赵国国君封冯亭为华阳君，让他与赵国国家主力部队一起抵抗秦军。

这一切，让秦国十分愤怒，随即举重兵攻打赵国，秦赵两国军队在长平决战，秦军大败赵军，将赵国军队四十万人活埋了，差点把国都邯郸也占了。赵国贪图这一点便宜，结果付出了难以想象的惨重代价，元气大伤，很快为秦所灭。到了汉代，司马迁评论平原君："翩翩浊世之佳公子也，然未睹大体。"意思是说平原君因为贪图小利，听信了冯亭的邪说，结果吃了大亏。

司马迁评论平原君，非常精准，给人以启迪。而后世史家班固却指出：太史公博物洽闻，看事物很有洞察力，见识卓越，却不能以智慧使自己免于极刑——班固这样说司马迁，他自己后来也身遭极刑。人的智慧在于能看清别人的问题；说别人容易，到了自己身上，智慧都下降了。

一般人，教育别人头头是道，却教育不好自己的孩子。所以古人易子而教，西方人也有为孩子请教父的。为什么？自古如此。《大学》云："人莫知其子之恶。"因为爱孩子，所以看不出他有什么问题和毛病；即便看见了，也不忍心纠正，下不了狠手矫枉。如此，因为爱，当父母的头脑就变得昏昧不明。

同样人因憎恶，也不能明辨事物，更不能公正判别。这方面的例子太多了。所以，古人说："论贵贱、辨是非者，必且自公心言之，自公心听之，而后可知也。"包拯如何能不使公心偏私？"夫利不在身，以之谋事则智；虑不私己，以之断义则厉。"

去利、去私，则存公心，是以不让"声色势利怒爱昏其智矣"。

40　只要耐得烦

明朝兵部尚书刘大夏，一日坐船渡河，突然见一个人大声呼叫他的名字，并且用非常难听的话骂他。刘大夏端坐在船舱，仿佛没有听见一样。那个人在岸上追着刘大夏骂了五六里地，见刘大夏像个泥胎一样，不为所动，就泄气了，"倦而返"。同船的人都用非常奇怪的目光看着刘大夏，认为他是个窝囊废，那么被人辱骂，一点反应都没有，甚至有个人想上前摸刘大夏的脑门，看他是不是个呆子。随从们也愤愤不平，但见刘大夏安坐养神，没有发话，也不敢妄动。这个消息传扬出去，很多人都对刘大夏非常失望，背后议论：兵部尚书这么脓包，怎么能管理好军队，谁还能指望这种窝囊废镇邪萌、折权贵、摧豪强、御群盗、遏虏夷？有的人甚至感叹：大明朝重用这种人，快完蛋了。

一个多月以后，又有一个朝廷某部主事（六品官）也从这条河行船路过，那个曾经骂刘大夏的人又过来骂这个主事。主事见岸上有人追着船骂他，非常惊愕：这人是个疯子吧？本官路过此地，没招他惹他，他怎么如此辱骂我？辱骂朝廷命官，犯法。来呀！停船上岸,将这个人杖责二十。随从一听,上岸将这个人抓住,打了二十棍。结果,不几天,那个因骂人挨打的人竟然死了。原来,这家人有家族遗传病,自知会猝死,才追着达官要人辱骂,目的是挨打而死,讹诈人,让当官的赔偿。这个主事果然因此受了处分,丢了官,并且赔偿了这个人的家属很多钱财。

这时候有人请教刘大夏:大人,您怎么那么有远见,您是怎么知道这个人存心讹诈您而甘受其辱,不生气发火?刘大夏说:您想想啊,他如果没有目的,何故骂一个不相干的人?他为什么不骂船上其他人而专骂我?这是有意为之。所以,我就忍住不问,不管他。

明朝绍兴乡绅胡冋卿为人十分宽厚,有一年的大年初一外出给亲戚拜年,带着仆从礼物,穿着新衣服,从绍兴水乡乘船而去。正行间,突然一盆脏水从河边一户人家的阁楼上泼了下来,正泼在胡冋卿身上,"袍帻皆湿"。家仆很生气,起身喊叫着要跟那家人理论。胡冋卿忙制止:算了算了!大过年的,大家都图个吉利,跟人争吵,必然惹得全家人很扫兴,千万别吵。他让家人掉转船头,回家重新换了身衣服,再出发。由此可见,其性长厚,能忍他人所不能忍者。

明代硕儒陈白沙,一日坐船拜访朋友庄定山,两人相晤甚欢。天色已晚,陈白沙告辞,庄定山一定要送他过河,因此同舟。摆渡船上有其他乘客,其中有一个当地的读书人,读书半通不通,但是非常喜欢喋喋不休地谈话,什么话题他都插嘴,还不让其他人说话。无理而好辩,很烦人,庄定山非常生气,声色俱厉地与这个人辩论,意在摧折乃至羞辱对方。两个人辩论了很久,庄定山终究不能打压那个人的浅薄。而陈白沙自始至终看都不看那人一眼，那个人滔滔不绝地说话的时候，陈白沙眼睛望着江面、远山，世界对他来说，非常宁静，仿佛根本没有这个人。当这个人上岸离开，庄定山仍愤愤不平，而陈白沙仿佛从来没有遇到过这个人，根本没有受这个人的影响。见此，"定山大服"。

大凡处理经济俗务，非有耐烦忍辱的脾性不可，而读书人多止于洁身自好以为高尚，故遇事颇不耐烦，更不能丝毫忍辱。这是自古以来一般读书人的短板。倘若能修养忍耐功夫，则可以经纶事务，事功不远矣。同样是明朝，一位书生科举登名，朝廷委任其官职，新官将行，亲友庆贺。一好朋友送他，路上叮嘱他：其实，当官没有什么难的，只要耐得烦。新官说：谢谢您的叮嘱，小弟谨记！

那个朋友与他携手去码头，送他坐船。路上朋友再一次说道：其实，当官没有什么难的，只要耐得烦。同样的话，一字不易地说到第三遍，新官口中唯唯，面上露出奇怪的神色。朋友浑然不觉，继续说：其实，当官没有什么难的，只要耐得烦。到第五遍，新官烦躁了：你这人太啰唆了！我都说记下了嘛，你怎么老叨叨个不停！你把我当傻瓜了？

朋友笑了：您看！怎么样？我说这"耐烦"二字最难吧？我才多说了两三遍，您就不耐烦了，这怎么行！

憨山大师有"谨慎应酬无懊恼，耐烦做事好商量"之语，不仅是经营俗务的官员应该牢记的官箴，也是一般人生活中应该常常叨念于心的善言。

第三章
白云苍狗一笑中

41 那些很极端的孝

明朝人朱明和,科举入仕,无论是当知县还是当知府,都将自己的父母带在身边一起住,而不像别的当官的,自己远在他乡当官,把父母搁在老家,最多是"常回家看看"。每逢年节,家里摆宴席,朱明和必让父母坐在正位,自己侧居一隅,像个仆人一样,随时给父母添酒加菜。辖下地区那些缙绅之家,经常请朱大人吃饭,派人送请帖来,朱明和一见没有请他父母的帖子,就将帖子放在一边,不去了。朱明和常自言自语:我朱明和这样孝顺父母,"可谓荣亲至矣"!朱明和的父母因为儿子优秀,也被朝廷加封了,人称封公封婆。

所谓二十四孝,常被人误解怀疑,认为其中有些典故实在很变态。二十四孝,说的是至德要道,若不用非常典型的事例,说不明白。

其实很多争论和拧巴,不是道理上的争论和拧巴,您这儿说的是至理、绝德,他那儿说的是可行性和具体操作,他做不到的,他就不相信世界上会有。两者能不拧巴吗?

有些孝行，您是可以做到的。

曾任南朝梁御史中丞的王僧孺，在他五岁的时候，有人给他父亲送来一盘李子，他父亲不在家，客人说：小朋友，你先尝一个吧？小僧孺说：父亲还没看见这些礼物，我怎么能先尝呢？

北齐宜阳王赵彦深（名隐，字彦深，以字行），在三岁时，他父亲就去世了。在他五岁时，他母亲伤心地对他说：我们家太穷了，你还这么小，我们该怎么过呢！小彦深哭着安慰母亲说：如果老天爷可怜我们，让我长大成人，我一定好好报答母亲。后来，赵彦深官拜太常卿，他每天下班，都穿着官服去拜见母亲，向母亲跪着追忆养育之恩，母子俩相泣良久，他才去换衣服。再后来，赵彦深当上了宰相，还被封为宜阳王，他母亲则被封为宜阳国太妃。

这些孝行，你做起来不难吧？再举三个例子。

南朝齐梁时的著名文学家任昉，他的父亲喜欢吃槟榔，病重时，很想吃一口。任昉四处求人买了很多种类的槟榔，他父亲吃了，都摇头说味道不好吃，然后带着没有吃上一口好槟榔的遗憾去世了。任昉终生引以为憾，不再吃槟榔。

南朝刘宋时的护军将军王华，在他十三岁的时候，父亲兵败，生死下落不明，他此后便常年只穿粗布衣服，吃清淡的蔬菜，也不与别人交游。如此这般坚持了十多年，当时的人都赞美他有志气操行。甚至在他当了高官之后，王华还总以"情事异人"为由，从不去参加各种宴会，终身不饮酒。

南朝刘宋时的黄门侍郎张敷，在他出生时，母亲因难产而死。

在他还是孩童的时候，张敷得知了母亲去世的真相，便有了感动思慕的神色。他十几岁的时候，寻找母亲的遗物，仅得一把扇子，便将它放在匣子里珍藏起来。每当想念母亲的时候，他就打开匣子看那把扇子，悲伤流泪不已。

这些孝行，不难吧？你也都可以做到吧？

但是，如果仅仅以这些孝行为典型推行孝道，你会不以为然。为什么？因为你能做到，因为做到它不难。人都是这样，能做到的，反而容易不以为然。

那就再举个难的例子，你可能做不到的。南朝梁人何炯的父亲生病了，何炯衣不解带、头不栉沐地伺候，弄得自己跟个病人似的。后来他父亲还是没有救活。何炯很伤心，悲号不绝，最后哭得两脚没法站地了，浮肿得厉害。医生说，你炖一锅猪蹄汤补一补，休息一下就好了。何炯认为猪蹄是肉，居丧期间，吃肉不孝，于是一口也不吃。不久，何炯也死了。

上面说的那个任昉，他父亲去世，他伤心得快要跟何炯一样了。梁武帝对任昉的伯父说：你家阿昉的孝行孝义，人们都知道了，你传朕的旨意，就说朕表扬他了，让他现在开始吃饭。任昉不能抗旨！他吃是吃了，吃完了又全吐出来。

任昉不吃饭，是孝；黔娄尝大便，也是出于孝。黔娄的父亲生病了，医生无意中说黔父的粪便中要是有甜味儿的话就很麻烦。黔娄毫不犹豫地尝了他父亲的粪便，结果，其中有甜味儿。为此，黔娄心愈忧苦，对天祷告，恳求将父亲的病转移到自己身上来。

这些很极端的例子，经典得很变态吧？可是，不这样，就不能把"孝道"这个至理说透彻，教化就不痛不痒。所以，你别因为这些极端的例子，就怀疑孝道，极端而变态的例子是给从前那些一般的底层民众讲的。面对底层民众，劝人向善学好，只有这样，才能有效果。虽然都知道一般人根本做不到，但只要心中有那些极端的典型，就有了文化价值的刻痕。这刻痕告诉人，水最大的时候，会漫到哪儿。所谓希贤希圣，不如此则理不至。天下之德，有美德、盛德、至德、绝德；不同的境界，一般人理解和接受的程度不同，全部都做到更是不可能。就是说，认同二十四孝这个理儿，即使做不到，也跟不认同这个理儿，结果是两码事。

42　科场案和假文凭

　　古代，有进士出身，比现在有博士头衔还厉害。在官场，进士出身的人，普遍被认为比其他出身的同级官员荣耀得多。所以，虽然唐代文职官员中科举出身者所占比例还不足四成，但许多家庭背景很显赫、祖上对朝廷有功德的年轻人，还是愿意放弃朝廷对其家族的恩荫，而争取通过考试进入官场，建功立业。

　　宋朝宰相李昉的儿子李宗谔，"耻以父任得官"，甚至故意与自己的父亲划清界限。他一直住在乡下老家，不愿意住在京城相府，发誓要靠自己的努力去考取功名，相信能力之外的一切都是零，坚决不要外人怀疑自己是因为高干儿子的背景才考上进士。太宗皇帝也很成全他。李宗谔考试成绩非常好，但皇帝说：你尽管一直很努力，砥砺清节，发愤读书，可是，不管怎么说总比贫寒人家出身的孩子条件要好多了，所以，为了不让天下人怀疑你，为了公平起见，你就别当状元了。

　　一般来说，科考到了会试阶段，几乎是皇帝亲自抓考试，所以舞弊的难度相当大。明朝朱元璋是个绝顶聪明同时又多疑的皇帝，洪武三十年（1397）的会试，录取五十二名进士，都是南方人，他怀疑其中一定有作弊的。但是，查是没办法查的。他很生气，就将这些人全部革除，还将主考官脑袋砍了。朱元璋太过分了，不过也从反面说明了皇帝对科考非常重视，因为科考选拔上来的人要进入国家的管理层面，丝毫的舞弊作假，都会给国家带来巨大的隐患，以至于皇帝对科考的重视都有些神经质了。

古代科考，舞弊多发生在乡试，因为乡试是在该辖区范围内由地方官主持，通过考试选拔本地才俊，因此主持考试的地方官自主权比较大，暗箱操作、徇私舞弊的空间大。通过乡试的读书人就是举人，距离进士就只有一步之遥了。

清顺治十四年即丁酉年（1657），全国连续爆出三起大的乡试舞弊案，把年仅二十岁的顺治皇帝福临气坏了。

乡试一般在八月举行。这一年的十月，有人实名举报顺天府刚刚结束的乡试存在严重的舞弊行为：有个名叫陆其贤的举人，是通过贿赂考官李振邺、张我朴，由这两个考官找人代替考试得中的。举报信中说："北闱之弊，不止一事。此辈弁髦国法，亵视名器，通同贿买，愍不畏死。伏乞皇上大集群臣，公同会讯，则奸弊出而国法伸矣。"意思是说：这些家伙，把国家的法律不当回事，他们贿买文凭，以至于勾结考官，猥亵国家的名器。

举报人名叫任克溥，时任刑科给事中。举报前，有人劝他：老任，好好当你的官，别得罪人了，你想想：你一年的俸禄是多少？咱大清一品大员一年才一千两银子，你也就三百两。能一下子用三千两银子贿买乡试考官的主儿，是一般人吗？你这一举报，弄不好，妨碍人当官不说，还阻碍官员发财。再说，那么多人考试，其中夹杂几个假货，是很正常的。你何必出这个风头呢？话说回来，咱们大清国初立，那些出身山沟草莽、粗俗没文化的巴图鲁们，本身也不懂读书、不爱读书，不也长期掌权要、居中枢，人模狗样一辈子、两辈子吗？

任克溥不听，说：想得到科举头衔而没有实学，通过贿买钻营进入士子行列，本身就说明内心贪鄙之极！这种贪，比贪财危害还大。一个人贿买得中，就挤掉了另外一个苦读求学者的机会。且这种人倘若层层贿买，进入官场，掌握一方命脉，将是朝廷和百姓的灾难。其所作所为，何曾有半点为国为民之想？

顺治皇帝得到举报，非常生气。下旨严训查明，结果大抵属实。遂下旨：官员买卖文凭，属于严重的贪赃枉法！科场为国家取材大典，关系最重。何况顺天府近在朕和朝廷眼皮底下，全国都在仰望观瞻，居然还发生这种恣意贪墨营私、贿买文凭、欺罔朝廷和天下的事，真"可谓目无三尺"，给天下做了坏样子。将李振邺、张我朴等七人斩首，家产籍没，将他们的父母兄弟妻子等都流放到尚阳堡（今辽宁开原市东四十里）去！

斩了这些人，顺治皇帝还不放心，又下旨将顺天府先前的乡试结果作废，他要亲自主持顺天府的乡试——重新考！重试的地点、时间和题目，都由他亲自决定。他还严旨申明：那些先前报名但不参加这次重新考试的，他们的名字将永远革除，不准再考，并且抓到京城来，严加审讯他们究竟有没有舞弊行为，如查实，严惩不贷。

次年正月十七日，天气很冷，参加考试的士子们由八旗兵押着，进入考场。顺治皇帝亲自宣布考试结果，有八个人因文理不通被革去举人身份。顺治皇帝处理了涉案官员，有二十五名举子被流放。大学士、吏部尚书王永吉的侄儿王树德在案，侄儿的事与王永吉一点关系都没有，但王永吉为避嫌，自请处分，顺治皇帝就将他降了五级，调用。顺治皇帝又针对官员造假文凭、贿买科考等问题，作了重要讲话。

同一年，江南乡试发生科场舞弊案，河南乡试发生科场舞弊案，顺治皇帝下旨严查深究。河南乡试舞弊案，案情较轻，将主考官黄鈜、丁澎流放尚阳堡。原先刑部提议打四十大板，羞辱一番再流放，顺治皇帝将打板子去掉了。江南乡试科场舞弊案，闹出了落榜士子的群体性事件，那些落榜者对科场舞弊非常愤恨，集体哭文庙，甚至殴打官员。顺治皇帝先前就训谕江南主考官员：江南是人才荟萃的地方，不要闹出科场舞弊、贿买等丑闻来。现在，居然将皇帝说的话不当回事，这还了得！顺治皇帝在江南呈送的奏折上批复：朕曾专门就此问题作过训谕，居然还发生这样的舞弊案，"殊属可恶"！将主考官先革职，都给朕押解到京城来"严行详审"。次年三月，顺治皇帝在瀛台亲自主持江南乡试的重试，选拔其中有真才实学者，将十四名文理不通的举子革去举人身份，两名主考官斩首，十七名同考官处以绞刑，八名作弊的士子流放更远的地方——宁古塔。

顺治皇帝对江南科场舞弊案的处理中，也有不因才学而因脾气被处理的,如吴兆骞。吴兆骞嫌朝廷因个别人舞弊而对所有读书人怀疑,如同押解囚犯一样,让八旗兵押解着考试,感觉受了侮辱,愤而掷笔罢考。他被流放,不是因为没才学,而是因为态度。这是另外一个话题。

那些被流放的人中,有的有真才实学,也不乏名士。但终因科场舞弊的大背景,极少有得到宽宥的。至康熙皇帝巡视东北,那些遭到贬谪流放的才学之士的家属,都没有得到适当的赦免,有的仅仅是允许将早先死于戍所的死者的骸骨埋葬回去。

43 宋朝人的元宵节如此好玩

很多地方,现代没有古代好玩。比如过元宵节,现代人心里没啥过节的内容,因此,很多人过节其实就是不过、不会过,不过就是过。基本上,这个富含文化内容的节日,在现代有些发达的城市,跟消失了差不多。仪式没有了,只剩下一个空洞的概念,你不往心里去,就真一点意思都没有。

因此,节庆文化的丧失和简化,使现代人的文化少了许多丰富感,少了许多色彩。有些东西是别的弥补不了的,比如过节就是过节,什么节该怎么过就得怎么过,不会过就等于没过。

元宵节又称"上元节",古人过元宵节,夜晚燃灯,有盛大的灯会,在照明不容易、灯光稀罕的古代,是很震撼人心、很有气氛的。

宋朝开国,文化隆盛,皇帝也很愿意在上元节这种节日里营造盛世的气氛。宋徽宗最爱玩,这个皇帝在治国的时候很窝囊,在玩儿的时候很可爱。

有一年上元节,宋徽宗高兴,下旨与民观灯同乐,共庆盛世,京城庶民可以随意观灯游乐,尤其是妇女可以走出闺阁,上街游玩。

第三章 白云苍狗一笑中

于是街道上就有了许多年轻的妇女。有的妇女早早地做好准备,穿着整齐漂亮,结伴游玩。朝廷不仅允许妇女看灯,徽宗皇帝在联欢晚会高潮时,一时兴起,还下旨赐给每位在端门下观灯游玩的妇女一杯御酒——只给女人喝,不给男人喝,馋坏了那些陪老婆上街的男人。皇帝赐给的御酒,当然不能用粗笨的杯子,用的是华美精致的金杯!妇女人多,可毕竟是女子饮酒,大都不好意思,但又不能不饮,机会难得嘛!于是一个个扭扭捏捏的,捧着金杯喝酒。

有一个年轻女子趁公差不备,将一只金杯偷偷藏在衣袖里,准备带走,结果被卫士发现了。这还了得!这不是扫皇帝的兴吗?这不是欺君吗?于是这个女子被卫士押送到皇帝、嫔妃们观灯的高楼前面,接受处置。其实,皇帝一直用眼睛往女子排队喝酒的地方瞟呢!本来整齐的喝酒场面,突然出现一阵小骚乱,引起了他的注意。他正玩在兴头上,还特灵敏,发现卫兵押着一个年轻女子,便问何故。

官员、卫兵不敢隐瞒,如实禀报。宋徽宗此时正高兴,酒微醉,便问那女子为什么要窃取金杯。不料,这女子大大方方一施礼,不慌不忙地口占一阕《鹧鸪天》应答:

> 月满蓬壶灿烂灯,与郎携手至端门。贪看鹤阵笙箫举,不觉鸳鸯失却群。　　天渐晓,感皇恩。传宣赐酒饮杯巡。归家只恐公姑责,窃取金杯作照凭。

不用解释了吧。意思是说:跟老公上街观灯,遇到和蔼可亲的皇帝赏给酒喝,感动啊!激动啊!但是,只顾感动了,泪眼模糊,人太多，老公走丢了，失散了，联系不上。咋办呢？天都快亮了，一个女子在外头逛了一晚上，嘴里还有酒气，这样回家去，让公公婆婆看见，问昨晚干吗去啦？又跟谁泡吧了吧？要不就是跟谁"蹦迪"了吧？说不清！只好偷一只金杯，回去做证据：我昨晚游玩时喝了皇帝赐的酒，没干别的。

这个女子太有才了，徽宗皇帝当场把那只酒杯送（赏赐）给那个女子。这还不算，徽宗皇帝还派两个卫士送那个女子回家了。

从这个掌故（见《诗词趣话》）来看，宋朝人比现代人还会玩儿。现代人没有宋朝人放得开，现代女子没有宋朝女子有才。现代女子如果写，也只能写成"梨花体"——

　　毫无疑问，

　　你赐的酒，

　　是全天下，

　　最好喝的！

44 古代饮酒之厄

饮酒误人，代不乏人，可谓"酒厄"。

有一副对联："清谈如晋人足矣，浊酒以汉书下之。"《汉书》下酒，说的是宋朝诗人苏舜钦非常喜欢喝酒，每读《汉书》，读到得意会心处，必索酒痛饮，读到烦恼不爽时，亦痛饮一斗。苏舜钦是个有济世抱负的诗人，不是只顾自己吟风弄月的小诗人；他性格直率豪爽，每喝酒，正好展露其性格的磊落。

但是，喝酒耽误了他的政治前程：他本来已经做到京官了，说话是有分量的，但因为喝酒，常常将烦琐复杂的人事想得单纯，终于因一件小事被贬黜。有一回，他负责进奏院祭神的典礼，典礼结束后，他将活动的废纸卖了点钱。这点钱怎么入账？平时谁也不在乎，他这次用卖废纸的公钱，买了一点酒请大家喝。这事被御史中丞王拱辰知道了，他让其属官劾奏苏舜钦贪渎。事虽小，但确凿无误。苏舜钦因此丢了官，非常郁闷地离开了政治中心，到了江南僻静之地苏州。胸中郁闷不得舒展，苏舜钦在城外修了个小亭子，命名为"沧浪亭"。他还写了篇文章以记之。文章看起来很洒脱，看得很开，但是他本人心里实在是想不开。"时发愤懑于歌诗，其体豪放，往往惊人。"他能写一笔草书，当时人争相求购。但是，对于有政治理想的人来说，因写字被人称赞简直是一种耻辱。苏舜钦的政治前途因为喝酒到此为止，终于郁郁而终。

相传大禹治水，上天之女遣仪狄造酒，将这种少饮能提神解乏的饮品贡献给大禹。大禹喝了一口酒，感到十分美妙。但是，英明神圣的大禹当时就端着酒碗，神思飞驰，他没有表现出愉悦，反而脸上慢慢地凝结了愁云。他预言："后世必有以酒亡国者！"酒这东西，少饮很让人愉快，但是，人是有欲望的，欲壑一开，万难填满，必须遏止。他下令不许造酒。

尽管如此，他的子孙终于冲破他的禁令，造酒饮酒，因饮酒而亡国。相传夏朝最后一个王夏桀，将酿造的酒储蓄于一个巨大的池子中，酒多得能浮起一艘船。《绎史》说夏桀"为酒池可以运舟，一鼓而牛饮者三千人"。古人真会想象啊。其实，从技术上看，夏桀的时代，再厉害，也不可能造这么大一个酒池，这是后人给他附会演绎的。但是，为什么人们会相信他就是造了这么大一个酒池？还是《论语》所说的，"是以君子恶居下流，天下之恶皆归焉"，夏桀沉溺于酒，荒废王政，甘居下流，所以人们把什么坏事都加在他头上。这没有冤枉他，因为他是坏形象的代言人嘛。后来的商纣王也是因为纵欲，饮酒好色而亡国，他俩成了一对千古荒淫暴虐统治者的形象代言人。

到了周朝，周公认为不能这么任由夏、商以来的神灵掌控天下的思想信仰了,神灵加上酒,那还得了!必须对人进行约束,即命令不让人干什么,但同时要告诉人该干什么,怎么干,于是制礼作乐。关于饮酒,就规定非礼不饮,如《礼记·坊记》中记载:"礼,非祭,男女不交爵。"今天的农村地区,男女不同席,其实就是源于此。男女通常不在一起饮酒,因为饮酒会乱性,酒精的作用,非常容易破坏人好不容易提升的修养,非常容易扰乱人的心态,做出不合乎礼仪的言行。所谓酒壮胆、酒盖脸,都是这个意思。历史上,因喝酒杀人,因喝酒被人杀的帝王,皆可谓遭遇了"酒厄"。

为防止"酒厄",不同的朝代,皆据礼制定了不同的饮酒制度。但是,制度的约束力跟人之间是一种长期的角力关系。有一回齐桓公赏给管仲一杯酒,管仲喝了半杯,将剩下的倒掉了。齐桓公很生气,说:管仲,你怎么回事?寡人敬你的酒你都不喝完,还当着寡人的面倒掉,这是在恶心寡人吗?管仲说:我如果喝多了,说错话冒犯大王,恐怕要被杀头的,现在倒掉半杯酒,虽然会被惩罚,但还不至于被杀头,所以我选择倒掉。齐桓公到底是一代明君,开心地谅解了管仲。

管仲运气实在是好,要是碰到一个太爱面子而不爱江山的主儿,他这半杯酒一定会给自己带来厄运。

像齐桓公这样的明君,尚且有借酒滋事的时候,何况昏昧的君主呢?

今天有些人喝酒没有规矩,酒风太差,全无礼仪,已经成为危及世道人心的大害。有的用人单位甚至将能喝酒当作领导用人和个人升职的条件，真是亘古未闻。女性职员被迫陪领导和客人喝酒，男女交爵，实乃非礼之甚。有性情卑贱的女人亦乐于为之，以图有所回报；大多数女性实在是迫不得已，强颜欢笑而已。这就是现在的坏风气，拿人家良家妇女当侑酒之歌伎役使，不以为耻，反以为荣。

45 天下官民相互体恤

现在的人多不理解"青黄不接"这个词，不理解好！不理解，说明人的生活水平的确提高了。但是，饱汉不知饿汉饥，饱食思淫之人不知道饥饿缺粮的窘迫和困顿，则是危险的。

过去，即便号称天下大治、物阜民丰的年代，也有青黄不接的时候。比如汉文帝这个好皇帝，就经常遇到各地因粮食歉收或灾害造成的局部乃至大范围的青黄不接、饥荒等状况。文帝下诏恤民，令各级官员赈济，诏书很短，曰："方春和时，草木群生之物，皆有以自乐，而吾百姓鳏寡孤独穷困之人，或阽于死亡，而莫之省忧。为民父母，将何如？其议所以赈贷之。"

诏书就是给一个指令、一个原则，没有规定说非要给多少多少人发放多少多少钱粮。没有具体的数量规定，反而好操作，否则就很麻烦。如果相互攀比，就会闹出许多矛盾。本来是好事，由于彼此计较攀比，最后弄成了坏事。所以，汉文帝很高明，就是给你一个原则："其议所以赈贷之"，具体办法由你们想，标准由你们定，按照各地的实际情况，实事求是地办就行了。

恤民历代有之，如果将历代恤民诏汇集起来，将会很有意思。

恤，是古代官员的基本意识。古代所谓父母官，要像民之父母那样怜恤子民。地方官代朝廷牧民守土，也不是一味地苛刻聚敛，过分牺牲百姓的利益，逢迎上司的政绩。清末民国小说家孙家振先生记录了明代时浙江宁海某县令因恤民而送命的事：宁海土地贫瘠，赋税较重，该县令让人将蚯蚓的粪便收集起来，亲自送到上面去反映问题，申请特殊贫困县待遇。他在奏疏中说：这就是我们宁海的土壤，你们看看一点养分都没有，长不了什么粮食，就把我们宁海百姓的税收减免一些吧。上面一查验：哟！这土壤也太没营养了，跟蚯蚓屎一样。上面便同意了县令的请求，减免了宁海百姓的赋税。后来有人举报，这个县令因为欺骗朝廷被砍头。宁海百姓给这个县令修了一座坟，墓碑上题写了一副对联："一朝我命换民命，万古新官拜旧官。"从明到清，凡官员到宁海上任，必先展拜这个无名县令之坟。那些士大夫出身的官员拜的不是欺骗朝廷的县令，他们拜的是一个字：恤。没有人觉得他们是在拜一个有争议的、犯了错误的官员的坟，也不会有人认为他们是着意谄下惑民，或者邀名买人心。在那种士大夫风气里，有理解、意会这个问题的默契和氛围。相反，如果谁恶意曲解官员的拜祭行为，反而是为彼时的风气所唾弃和不容的。

过去的赈灾恤民，不独是公家的事，有官赈，亦有民赈，而不是把一切都推给朝廷。这也正是汉文帝仅仅下恤民诏，给一个指示，而不颁布实施细则的原因。

北魏房法寿家有钱，而他却把家里的钱都用来赈济周恤亲友，以致家无余财。他对儿子房伯祖说：别人都享受聚敛财富的快乐，我的快乐是当官并清贫着。

南朝顾琛家富裕，他的母亲孔氏当家。有一年闹灾荒，孔氏做主将家里的粮食都用来赈济贫困百姓，"得活者甚众"，救了很多人的命。那些受孔氏赈济的人后来家里生了儿子，不管姓什么，都取名曰"孔"，以感念孔氏。也许是福报，孔氏活了一百多岁。

社会风气里有了恤这个意识，表面看，只有国家恤民，强大者恤弱势者。其实，当国家需要他们的时候，百姓也会因感受到空气中到处都有体恤的文化氛围，而主动承担自己的责任。曾国藩说："用兵之时，则重敛众商之费；无事之时，则曲顺众商之情。"即当国家遇到类似用兵打仗这种事，商人就应该体恤国家用钱的急迫，应该多交税；当国家太平无事，政策就应该变通一下，让商人多赚点钱。这是国家对商人的体恤。不择时机，一味地苛敛以逢迎上司，不知体恤百姓的辛苦，是对国、民之间数千年养成的体谅与默契的损害和破坏，损伤的是国之根本、民之良心。

46　古代赈灾的故事

明朝嘉靖三十四年腊月十二日，即公元1556年1月23日，陕西关中华山附近几个县的人，刚刚喝完腊八粥没几天，正在筹备过年。就在这一天的深夜子时，发生了8.3级大地震，事后统计死亡人数超过83万。

这就是历史上著名的嘉靖大地震，不仅陕西关中，河南、山西也是震区。有部电视剧名叫《大明王朝1566》，说大明朝遭遇财政危机，原因是沿海屡遭倭寇侵扰，东南未靖，需要军费，加上皇帝要盖一座新宫殿，需要钱。其实，真正的原因应该是这一场残酷的大地震。

现在能够找到的那场大地震留下的痕迹，一是原来的卤阳湖现在成了一个传说，有地名，无水无湖，唯一能证明它曾经是个湖的，就是盐碱地；二是从那时起，关中人对地震的认识，尤其是对震后救赈的认识，非常准确，您要说是豁达也可以。比如，关中农民会说：地震时被房屋压在下面的人，能不能活，更多的是靠运气，不能把全部希望寄托于外面挖救。他们的口头语是：挖一窝红苕都要靠铁锹镢头，救个人会那么容易？所以，关中农民见电视上武警官兵在地震灾区奔跑着撬挖救人，十分感动。

古代遭遇地震，灾区官员上报朝廷的奏疏字数不多，描述灾情以及次生灾害如瘟疫等，用几个字如"人畜死伤无算"，已经很严重了。至于救灾，靠的都是当地人自救。重点在赈灾，国家赈灾即官赈，主要体现在发放银子；灾民手里有了钱，四方愿意挣这个钱的，就会主动往灾区运粮。民间大户、士绅散财舍粮赈灾的，是为民赈。官民携手，赈济灾民，同时打击盗贼和进行防疫，等等。

时任陕西华阴知县的何某，读书人出身，他不等朝廷的钱到，先将自己多年积攒下的俸禄全部贡献出来，修缮学宫，让孩子们读书。他在帮助灾民自救、安定生活的同时，还修筑排水渠堰，帮助农民尽快恢复生产。这样，人有了活干，孩子们有书念，似乎一切正走向正常，灾区群众情绪逐步稳定，很多青壮年打消了游惰闲散，甚至沦为盗贼的念头。与其紧邻的华州，知县杨某的动作慢了一点，致使灾民"蜂起掠食"，他赶紧向富户借粮，发放给灾民，这样才消弭了不少因赈济缺口带来的问题。

当生存成为唯一目标，生存的手段就可能不选择了，一般人放下道德法纪，似乎在瞬间就回归到动物本性。所以，救灾的首要问题和目的在于稳定人心。当然有趁乱为盗寇抢掠的不法之徒，比如渭南县令不幸在地震中死亡，一县无主，人心惊慌，谣言纷起，一些不法少年就侮老欺弱，抢劫掠夺。省城巡抚闻报，果断下令捕杀，当众斩杀首恶，极大地稳定了群众的情绪。

关中民赈，亦可歌可泣：渭南县大户乡绅张羽将自家的一座有上百间房子的大宅院，全部让给灾民居住，使其有安身之所。时年韩城县党家村的富商党孟辀，是个非常有智慧的人，他不仅出钱出物赈救灾民，还将多年来乡民借他家钱物的欠条契约当众一把火烧了，说：咱们遇到这么大的灾难，我还向各位乡亲要什么债啊！("岁厄如此，不忍相迫也。")

赈灾稳定人心，方法分两种：一是发放钱粮；二是免除灾区民众赋税徭役。事后检讨，由皇帝带头下诏罪己，并承诺今后要广施仁政，以敬畏上天的惩戒。这一回嘉靖皇帝虽然没有下罪己诏，但他在祭告山川神灵的文书中，表现出深深的敬畏。同时开言路，让百官提意见、刺时政，"许极言时政得失"，用多狠的话说朝廷说皇帝都可以。地震虽为天灾，但古代皇帝非要将其算为"人祸"，因为天（自然）不可掌控，人唯谨敬可顺时承天。可以说，这样一来，地震虽给当时的明朝造成了巨大的创痛，但是，明朝最后对地震的总结却是非常到位的，一场灾难，由于朝廷和士大夫出身的官员系统敬畏自然、自我检讨，一定程度上转化成了正能量。

官员为朝廷赈灾安民，其身在外，随机应变，不仅需要智慧，还需要有担当的勇气和胸襟。若只考虑到自保，行事处处以不惹物议、不影响自己当官为前提，其赈灾救困看上去再忙活给力，哪怕就是成天哭得跟泪人一样，都是表面功夫。宋朝范仲淹主管浙西路，时遇大旱，饿殍遍野，范仲淹和别的地区的官员一样，也发放朝廷的救济粮。但死水怕勺舀，不能让那么多灾民成天等着朝廷救济；

第三章 白云苍狗一笑中

况且,使人心安定者,不在每天能发放多少钱粮,而在使其安居有事做,通过做事获得收入。如果长期不劳而获,等外面救济,则容易成为"幸民"。范仲淹体察民情,知道当地喜欢赛龙舟、做佛事,就鼓动寺院搞建筑,还神秘兮兮地对方丈说:你赶紧修,正是时候!等大旱过去,物价工钱都会上涨,现在多便宜啊,不修你傻呀!于是寺院搞新建筑,招募了很多劳动力,拉动了地方内需,增加了就业机会。他还策划举行龙舟比赛,让富户商家冠名赞助,将当地气氛营造得很热闹。范仲淹自己每天坐着游览船,喝酒游玩,向民众打招呼。他其实是一个广告模特,示民众以安详,让当地人安心恢复生产和文体活动。这样,朝廷就使参加活动的人有了一个获得劳务费的理由和标准,而不是简单的施舍。

范仲淹毫无悬念地被监察部门弹劾腐败。他身心安泰地等调查的结果。结果出来,朝廷很认可他的这种做法,认为他不是机械地、简单地赈灾,而是很有创意地赈灾,是顺应天时地利人和地赈灾。此非常之功,必须得范仲淹这样的非常之人才能办得到。

47　古代的秘书

　　杨存中，自北宋宣和年间从军，一直到南宋，跟随张俊，屡立战功，后来成为南宋军队的主要将帅之一，官至殿前都指挥使，生前先后封恭国公、同安郡王，掌握军中大权，地位非常高。可是，有一次，他被御史参劾了。因为什么事呢？

　　原来，军队驻扎或行进途中，不是得吃喝拉撒吗？一般人没研究过，数万、十数万乃至数十万军队或更多人和战马以及运军需粮草的骡、驴、牛等，拉屎撒尿怎么办？就是说，军营短暂驻扎几天，你挖个坑，拉撒完了，填埋即可；要是时间长，就不能这样，很不卫生，弄不好还会引起病疫，这是军队最忌讳的。所以，当时的军营中，就由军队后勤部门，与所在地百姓或地方官府联系，将军队所产生的人畜屎尿，卖给当地老百姓：一是用于肥田；二是保持军营的卫生；三是还能增加军队在老百姓心目中的好感——兵凶战危，部队所在的地方，或扰民占田，或引敌来犯，都是老百姓不愿意看到的。

　　杨存中在军中二十多年，带的兵越来越多，就有人发现杨存中带兵这么多年,他从来没有报告过卖给老百姓的那些部队所产生的人畜粪便的"粪钱"哪里去了。这真是个谁也不容易觉察到的漏洞!就跟今天,一般人只热衷关心市政建设投入了多少钱,什么设施花了多少钱,但不太会关心旧的市政设施拆下来都到哪里去了,卖了多少钱,这些钱的用途在哪里。但是,在宋朝,就有人关心这个事。宋朝对官员的管理非常严格,宋仁宗时的一个集贤校理苏舜钦主管着进奏院。他为人豪爽,一时粗疏,将进奏院过期的旧文书当废纸卖了几个钱,约同僚用这钱办了场文人酒宴,其间还请了伎乐来助兴。这件事被人参劾,苏舜钦因此丢了官,被贬黜到苏州去。被贬后,他心情郁闷,心想一生功名前途,毁于一旦,遂郁郁而终。杨存中的"粪钱"一案,要是算账,那比苏舜钦的案子大多了。

　　杨存中被调查,正苦于如何应对。这时,他的一个昔日的秘书出现了。宋朝官员的秘书功能,由两类人承担。一是科举选拔的读书人,即士子。这种人是有当官的资质的,他们负责军中或官府文书的书写,同时担任长官的参谋和幕僚,是有一定官阶级别的;他们经过一定年限的历练,由长官举荐,就能到别处当官。另一类人就是终生从事吏役的随从,也有的是地方衙门固定的胥吏班子,以配合任何到任的官员办理公务。这类人往往见多识广,比读书人心眼活泛,非常有智谋,世故老辣,处事非常圆融,是流官们非常倚重的秘书。因为这类人不能被提拔当官,所以一般读书人不愿意干他们的差事,这些人也知道自己仕途无望,所以很安分地守着这份官差,用他们积累下来的丰富经验和智慧生存。他们有时候混得比

195

读书人还好，原因就是读书人有上进之心，不免仕途跌宕，而满目所见，跌下来的居多。所以，"旧吏子孙为世业"。而那些士大夫家的子弟，甚至还羡慕后者，"士大夫子弟不能自立者，忍耻为之"，士大夫家出身的子弟，因为祖上的功德，朝廷对他们担任这个差事还有照顾，"犯罪许用荫赎"，即用他们祖上的功劳折赎子孙犯的罪。这样一来，就产生了弊病：这种背景出身的秘书，"吏有所恃，敢于为奸"，即他们仗着后台硬，常常傲慢怠惰，惹出许多事来。所以，在宋天圣七年（1029）三月，朝廷下令，将这一特殊照顾即"许荫赎"取消了。

杨存中的这个秘书，属于后者。他是杨存中平时最喜欢的一个秘书，给杨存中出了很多主意，办了很多事。杨存中对这个秘书的赏赐和照顾也很多，帮他在军中和衙门里为许多人安排了工作。可是，突然有一天，杨存中把他开除了，不要他了。这就看出区别了——对那些读书人出身的秘书，有官阶级别的，你就算是不用人家了，也只能是上报，让吏部把人召回，调往别处，不能轻易剥夺人家的任官资格。可是，对后者，他就可以说炒就炒，你没有申诉的机会。这个昔日的好秘书不知道自己做错了什么，非常伤心，对着杨存中哭泣着拜别而去。临走，杨存中还说：以后没事不要来找我！

听了杨存中这句话，那个正在哭泣的秘书突然明白了点什么，赶紧收泪而别，回家用以往杨大人赏赐给他的钱，拼命教儿子读书，并通过多方努力，将儿子运作到负责纠察官员纪律的御史台当书吏，即秘书。当时御史们正在讨论如何弹劾杨存中多年来不汇报军中"粪钱"的问题，老秘书的儿子小秘书正好在旁边做记录。小秘书回到家里，就把这件事对自己的父亲，即杨存中昔日那个老秘书说了。老秘书一听，不敢怠慢，匆忙赶到杨存中所在的部队，谒见杨大帅。杨存中一听汇报，大为惊惧，忙问计将安出。老秘书不慌不忙给出了个主意：您现在就给朝廷写个折子，就当没听到什么风声一样，如实汇报军中的粪钱有多少；另外，您一定要写上，粪钱暂存在军中后勤部，以便听从朝廷的指令使用。

杨存中不敢怠慢，赶紧写了一份汇报，快马送到朝廷，赶在了御史们弹劾他之前。御史们按照程序整理材料，将弹劾举报杨存中的折子呈报宋高宗，高宗皇帝从书案上拿起杨存中的奏折，晃了晃说：杨爱卿关于这件事的汇报，早就呈给朕了。你们御史衙门，不要无事生非。你们是不是闲得没事干了？军中的屎尿让你们操这么大的心？！

48 古代城管的那些事

古代有宵禁制度，即入夜不许随便出门、出城，否则即以"犯夜罪"被拘惩。这样做的目的一是防卫，二是如果放任不管人们的夜生活，百姓不守本分，容易诱发奸盗，给城市治安、管理带来很大压力。所以，古代城管的工作是全面的，权力很大。明朝某城市，一天薄暮时分，有个家在城外三十里的农民出城回家，到了城门口，被守城门的"监市"即城管拦住，拘以犯夜罪。被拘者不服，问城管：我犯啥法了？城管说：犯夜。被拘者说：你没长眼睛啊？这太阳还没落山，天还亮着呢！我怎么算是犯夜？你懂不懂法律？城管一笑：我说你回家是打的啊，还是坐地铁啊？我看你不还是步行吗？现在出城，你还没走到半路就天黑了，不就犯夜了吗？被拘者顿时凌乱无语。该城管此举，获得上级的赞赏，当年还被升职重用（"官重赏，以卒为能"）。

古代社会重农轻商，城市商贩的地位不高，所以城市管理者对商贩很歧视。商贩贪利，有其经营的习气，如不加管理和限制，他能到金銮殿上摆卖去。商贩往往过界经营，将正常街道侵占，即"侵街"经营，这很让城市管理者头痛。所以，唐宋的法律对此有规定，犯法者，必获严惩。你看《清明上河图》中绘出的汴梁的繁华城市景象，如果没有很好的城市管理，不知会乱成什么样子。所以，宋朝单是京城汴梁，就有由五百多名士兵组成的城市管理队伍管理城市秩序。此外，官府还立法对商贩进行严格的管理，如不许在官府门前设市摆卖，甚至不准在民宅附近摆卖。今天的人动不动就破墙开店，在过去简直就不可想象！今天的商贩走街串巷，以能获利而欣喜得意；过去商贩走到最狭小穷鄙的街巷，都得低声下气地叫卖。

过去的人虽轻视商贩，但却对商贩有仁爱之心，有身份的人家和读书人家就有不与商贩计较的训导。古人轻视商贩，使自己有更高的追求；今天的人处处欲与商贩平等，却常常遭到商贩的算计、宰割。这已经是很多人不理解的了。古代的城管也称"胥""卒"，权力大。官员是流动的，即流官，而胥卒却是当地人，所以常常发生胥卒欺负官员的事。

明朝宣德五年（1430），况钟出任苏州知府，上任前宣德皇帝赐给他一道圣旨，许以"便宜用事之权"，获得这个特许的官员权力很大，但况钟不拿这个宣示于人，苏州府的吏胥不知道他有这个核心武器。当地吏胥欺负况钟人生地不熟，做了很多隐瞒况钟、为非作歹的事，有的甚至当面呵斥况钟，况钟被骂得不敢出声。突然有一天，况钟召集苏州府所有胥卒开大会。会上，况钟命设香案，将礼生即负责主持祭祀等典礼的司仪叫来，磕头跪拜，宣读圣旨，随后一个一个地数那些不法胥卒的罪行，数完，"群胥骇服"。况钟事先挑选了健壮的兵士数人，当场执法，将一个曾经踩踏过商贩头的小胥扔到空中当场摔死，接着一连摔死了六个经常欺负商贩和百姓的胥卒。经过这一整治，"上下股栗，苏人革面"，苏州的胥卒再不敢胡来了，商贩也老实了。

盖非常之人，能为非常之举。苏东坡被贬到儋州（今海南儋州市），后调回，暂时居住在阳羡（今江苏宜兴）。苏东坡是大诗人，慕名前来拜见的人不少，但都是诗友，几乎没有官场上的人，官场上的人害怕跟他来往，这会带来不必要的麻烦。有个诗友邵某，劝苏东坡从此住在阳羡算了，别当官了。苏东坡也觉得这个地方不错，就打算长期住下来，邵某就到处给苏东坡看房子，终于给苏东坡张罗着买了一个带院子的房子。当时也有城管，由士兵组成，名"街道司"，专门管理城市的交易、秩序等，街道司的职能比现在的城管多多了。邵某到街道司给苏东坡办好了一切手续，把房子收拾好了。刚刚结束贬谪儋州、还没有被朝廷重新起用的苏东坡是很穷的，他搜尽所有积蓄，才勉强凑够了房款。接着，苏东坡挑了个好日子，准备搬进去。

一日，苏东坡与朋友外出游玩，走到一个荒村，听见一户人家的破屋里传出一个老妇人非常伤心的痛哭声。苏东坡说：这家人必定遇到最难受的事了，要不然不会这么绝望伤心。随行的朋友说：不关我们的事，走吧。苏东坡说：这是民间疾苦，遇上了，不管不顾，就是见义不为，无勇也，是士大夫所不齿的。于是苏东坡和朋友就进门询问，一问才知道，这家人被街道司的人强行驱逐到这儿了。老妇人伤心地哭诉：我原来住在城里，家里的房子是祖祖辈辈传下来的，都上百年了，可是我的不孝儿子把房子卖了。苏东坡说：您是长辈，卖房子这种大事，最后需要您点头啊！老妇人抹了一把眼泪，更伤心了，哭着说：我不答应，他竟然勾结街道司将我撵出来了，我这不孝的畜生儿子啊！

苏东坡回头看看邵某，一问才知道，他买的房子正是这老妇人家的旧宅。苏东坡略一思索，即对老妇人说：你家的房子是卖给我了，这样吧，我把它还给你，那房子还重新装修了一下，都收拾好了，你明天就重新住回去吧。老妇人简直不敢相信自己的耳朵，将手伸到裙子下面，一个劲儿掐大腿，看是不是在做梦。苏东坡让人把老妇人的儿子找来说：你明天就把你母亲接回老宅去住。老妇人的儿子低头不说话，苏东坡问：怎么，你还不愿意？那儿子说：钱我都花了很多了，街道司怕不答应。苏东坡就当场把房契烧了，说：这下你放心了吧。就这样，房子归还了原主，苏东坡自己所花的钱，他也不要了！

阳羡的街道司知道了这事，说道：苏先生这是闹哪样儿啊？

49　胥吏思维的毒瘤

清道光时期,京城有一位姓何的人,非常喜欢鼻烟壶,每次到外地去,都买回不少鼻烟壶。他收藏鼻烟壶并嗜好鼻烟,鉴赏力非常高,所采购的鼻烟壶都是上佳之品。

当时,京城门户由胥吏把持,他们常常勒索过往行人。一次何某进城,经崇文门,所携鼻烟壶全部被把门的胥吏抢走了。何某吃了亏,当场不敢出声,过后非常气愤。他将这件事告诉了自己的朋友周某。这位周某是个很胆大仗义的人,听后决定挺身而出,说"我给你出这口气"。他找了一些生了烂疮的病人,收集了许多烂疮痂,晒干研末,装入鼻烟壶中,一共装了十来瓶,然后假装路过何某被抢的崇文门。果然,胥吏们搜身勒索,将周某的鼻烟壶全部抢了去,发现里面还装了鼻烟,个个都争抢着闻。这一闻不要紧,十多天后,周某再次路过崇文门,发现那些守门的胥吏个个嘴鼻都生了疥疮,淌血流脓,十分狼狈。周某见状,也不避讳,指着满脸疥疮的胥吏大笑不止,并且告诉他们事情的缘由。

胥吏们骄横惯了,哪里受得了这个罪,大怒,正要收拾周某。周某从容道：别动！疥疮已经深入你们的脏腑，要是还不忏悔，我就不给你们药，让你们全部烂肠烂肚而死！胥吏闻言，赶忙求情。周某让他们忏悔，赌咒发誓，不再勒索过往商民，胥吏们乖乖地照做。

其实，当时京城的胥吏极度猖獗，不但勒索过往商民，连进京述职的官员也不放过。比如，山东布政使陆耀进京面见皇帝，被挡在崇文门外，胥吏索要过多，陆耀拿不出那么多钱，又不能耽误时间，只好将行李放在城外，自己只和一名仆人穿得非常单薄就进城了。到了城里，到老朋友家借衣服穿。办完公事，又衣着单薄地出城，取了自己的行李回山东去了。

胥吏为古代官府职役，但因执行的是公权力，不免揩油成为习惯。与其说他们是在执行官府差役，不如说是占据这个职位，谋求非分的利益。明永乐二十二年（1424），新即位的明仁宗朱高炽下诏，指出当时朝廷这些胥吏们存在的问题："久占衙门，递年不替，专浸润官长，起灭词讼，说事过钱。"

但是，看到问题并不等于能够解决问题，到了明正统十四年（1449），明英宗又下诏，指出胥吏的问题很严重："多有积年民害，久恋衙门，父子兄弟更相出入，专一起灭词讼，把持官府，说事过钱，虐害良善。"就是说，胥吏的问题，过了很多年，历代帝王都看到了危害，都反复强调要抓、要治理，但是治理无效，而且状况越来越坏。由于胥吏是公务人员，有好处可捞，所以，那些胥吏"久恋衙门，父子兄弟更相出入"，父亲为儿子安排工作，也都争着去衙门当差。比如一个县的衙门，基本上是亲戚连着亲戚。

胥吏上面有官员，但是官员忙碌，不太留意具体的事务。"一切付之胥曹，而胥曹之所奉行者，不过已往之旧牍，历年之成规，不敢分毫逾越。而上之人既以是责下，下之人亦不得不以故事虚文应之。"即官员将一些基础的事务交给胥吏先处理，但是，胥吏油滑，不注重解决问题、处理问题，更不会创造性地突破陈规，就只知道死板地按照已经过时的旧规章办，因为这样不至于犯错误；要是出了问题，还可以推脱给制度、政策、规章什么的，自己不承担责任。这样，胥吏上误官府，下误黎民，蒙上蔽下，老百姓对官员的怨恨都归于官府了。而胥吏们是对此不负责的，他们只想自己苟且保位贪利，没有以天下为己任的胸怀和担当。当时，能看出这个问题的人很多，官员也知道，但就是不改革，革除不了胥吏思维的毛病。终明一代，始终受这种胥吏的侵害刮削，以致灭亡。顾炎武说，秦亡于刀笔吏之手，验证了一个千古道理：胥吏不可任。胥吏思维是任何朝代的毒瘤。

由于其出身和素质，胥吏很容易流氓化，凡是被流氓化的胥吏把持的朝廷，离灭亡就不远了。所以，燕昭王收拾残局登上燕国的王位，他想强国富民，向当时的贤士郭隗先生求教时，郭隗对曰："帝者与师处，王者与友处，霸者与臣处，亡国与役处。"意思是说：看你的志向是什么，你要是想成就帝王的宏业，就要虚心向贤能的人求教并且信任他们，委任这些人做国家的官员，帮你治理国家……如果你甘居下流，喜欢任用倚仗那些眼里只有利益的奸猾胥吏，那就等着亡国吧。

50　古代为什么严重鄙视役隶

清乾隆五十八年（1793），当时属安徽的盱眙县有个很优秀的小伙子，拳脚很好，聪明好学又肯用功，准备报名参加当年的武科乡试。家里人很看好这个武童，认为凭他的实力，通过乡试问题不大。正当全家和亲戚朋友满心欢喜地憧憬未来的时候，这个孩子却被举报了，盱眙县很多人反对这个孩子参加考试，都因此闹到县衙去了。原来这孩子的爷爷曾经是个在县衙当差的捕役，尽管他爷爷还是在册领官款，即吃公粮的公务人员，不是那些临时雇用的"白役"，但是，按明清的规定：出身这样家庭的孩子是不能参加科考的。

可是，这个孩子的情况特殊，他的父亲早在他爷爷当捕役之前，就已经出继给别人当儿子了，连姓都改了。也就是说，依《大清律例》，他的父亲就已经不能算当时被鄙视的贱民（倡优、隶卒）的后代了。时任盱眙县令杨松渠，看过这个武童的表演，认为是个好苗子，就向当时投诉的人作了一个司法解释：这个孩子的血缘祖父的确是个捕役，但是他已经与其祖父脱离关系两代了，姓氏也改了，甚至连他祖父的面都没见过，所以应该批准他参加乡试。很多人被县令说服了，不再投诉，但是，有些执拗较真的人还是不同意，就一直投诉，闹到两江总督高书麟那里去了。高书麟总督为官清正，讲原则，"素行清谨，出巡属邑，轻骑减从，民不扰累"，声望很高。他接到这个投诉，对盱眙县令杨松渠一顿训斥，骂他擅自违反朝廷的法令，并教训杨县令：法令应当严格执行，而不应当钻空子，像你这样寻找措辞钻空子，那法律不就慢慢地被你钻得千疮百孔了？尽管这个武童与其血缘祖父已经没有法律关系，但是让他参加乡试，"究属违例"。高总督给了一个终审判决。

其实，要是没人举报，事情可能就过了，既然有人反对，举着《大清律例》投诉，作为封疆大员的高书麟，其判决是恰当的。为什么？因为这个事件已经公开了，如果批准这个武童参加乡试，很多地方必然都依照此例，类似情况纷纷效仿，到时候很可能弄出更大的乱子。所以高书麟尽管不是个读书人，但是很有政治智慧，他的果断严苛，暗合朱子对法律的理解：法律保护的是更多的无辜者，而不是想尽办法给犯罪之人找开脱宽宥的理由。当然，武童不是犯罪者，只是按照当时的标准，他的确出身卑贱。高书麟不准这个武童参加乡试不说，还将盱眙县令杨松渠的情况上报礼部，礼部根据高总督提供的材料，调查后，给予杨松渠"降一级调用"的处分。

此外，还有这样一个例子。嘉庆元年（1796），江西有个衙役的儿子，早就过继给别姓良家为子，孩子长大后，读书读得很好，却不能参加考试，家里带着一系列能证明其家底清白的材料到官员跟前申请，得到的回复是"终系下贱嫡派，未便混行收考"，还警告如再坚持申请参加科考,"拟以照例杖革",要打屁股以示惩处。

历史上,不但不准衙门捕役的子孙参加科考,而且就算曾经当过捕役的养子,后来认祖归宗的,也仍然不准参加考试。

这都是为什么呢?对在衙门里工作的役隶鄙视怎么如此严重?清末著名法学家沈家本曾经对此提出异议。他说,自古以来充当这个职业的,固然都是有罪之人,贱之可也,但是,现今的隶卒捕役多由官府招募的良家人充当,怎么还把他们当作贱人?这是没有道理的。他的呼吁当然没有用,因为习惯如此,关键是当时的社会对此的认同如此。

捕役尽管多出身良家,但是一为皂隶衙役,窜入公门,即官家奴婢,为官员驱使如鹰犬,"人虽极善,然一入公门作胥曹,无不改而为恶"。"地方公事,如凡捕匪、解犯、催征、护饷之类,在在皆须其力",干的都是跟利益有关的差事,很快坏毛病就惯出来了,"腰有一牌,便声生势长,鱼肉细民"。"捉影捕风,到处吓诈","上班在辕,即便招摇生事。及至下班回籍,又可武断乡曲,出入衙门,与地方官颉颃"(因为有所谓人脉,加之谙熟衙门潜规则),甚至官员常常受其挟制,反过来为其利用。至于勾结奸商,操控地方米价,从中渔利,或为奸商收买,滥用私刑,以致越境抓捕拷掠等,更不在话下。从皇帝到各级官员,都知道这些人的问题,也数次整顿裁撤,但一直没有彻底解决的办法,皆因其职业产生习惯,习惯滋生习气,习气养成德行,德行改变品格,所以那些原出身良家、本不卑贱者,事实上也慢慢地变得很卑贱,即便血缘不卑贱,也因为职业恶习而慢慢地行事卑贱了。

老百姓对这些人鄙视又畏惧,"里巷妇子畏之如蛇蝎","小民但期无事,惟有吞声受之而已"。就是说,衙门里的这些恶势力才是真正危害百姓的恶势力。纪晓岚在《阅微草堂笔记》中,对这种人进行了总结:"其最为民害者:一曰吏,一曰役,一曰官之亲属,一曰官之仆隶。是四种人,无官之责,有官之权。官或自顾考成,彼则惟知牟利,依草附木,怙势作威,足使人敲髓洒膏,吞声泣血。四大洲内,惟此四种恶业至多。"对这四种人,纪晓岚简直是在诅咒。

朝廷对此卑贱者,有严格的制度性和法律性限制,虽然在衙门当差,但不许他们走正门出入,不许在公堂上坐,如违反,依《大清律例》,"杖七十,徒一年半",挨打还要被判徒刑,服劳役。至于其子弟,恐其遗传及沾染恶德,令不得参加科考,就容易理解了。因为假如考取功名并为官,而其父祖为卑贱者,于礼不合。

因此,一般人家,非不得已,不许子弟充当此役,认为干这种差事"丧名败节",族中一旦有人窜入公门为役,则家谱将其削籍,死后不得入宗祠。(见《新安县志》)

其实,卑役贱隶有豪壮之举以裨益国家,令人尊敬者,代不乏人。职业能改造人,但人也能使职业增光。子曰:"富而可求也,虽执鞭之士,吾亦为之。"卑贱与否,关键在人,在做事人的品格。

51 中国古人为啥不和演员计较

古人对艺人的言论有个理解的密码,这个密码赋予优伶说话的空间和自由度比常人大,地位越高的人说话的空间和自由度越小,但是说话空间和自由度都小的人却宽容谅解说话空间和自由度大的人,这是古代社会存在的一个很有意思的现象。

春秋时,晋献公欲称霸,发兵攻打骊戎小国。小国有小国的生存原则,打不过就投降纳贡。骊戎投降认输,骊君还将他的两个女儿骊姬和少姬献给晋献公,这极大地满足了晋献公的虚荣心,从此他志得意满,专心宠爱两个美女。

骊姬的肚子很争气,生了一个儿子。骊姬得宠于晋献公后,养尊处优。她私下有个男朋友,名叫施,是个俳优即演员,所以也被称为优施。优施不仅人长得帅,脑子更好使,嘴还会说,所以深得骊姬的喜爱。骊姬不是存心要搞坏晋国,给骊国复仇,她是出于自己膨胀的私欲,想让献公把太子申给废了,改立她生的亲儿子奚齐为太子。这是个多么大的事!不好办。骊姬找她的男朋友优施商量,优施很快就给骊姬出了一套策划案,包括离间、排斥、侮辱、明升暗降、调虎离山等办法在内的系统性步骤，将献公的儿子们一个个迫害赶出去。

这一切都要从骊姬给晋献公吹枕头风开始。骊姬说，献公可以让枕头风刮倒，但是朝廷的重臣里克那一关不好过。优施说：没问题，我来搞定他。骊姬问：你拿什么搞定他？优施说：我的身份啊！"我优也，言无邮。"他说了一句千古名言：俳优以声色娱人。意思是说：俳优身份卑贱，人们喜欢他们，却不把他们说的话太当回事，说了也白说，所以不跟他们计较。但是，因为他们口蜜善说，所以很讨人喜欢，他们的话能在别人不方便说的场合中说出来。话既出口，词句又巧妙动听，其实说了可真不白说。优施将这个现象总结为四个字："优言无邮"，意思就是人，尤其是有身份的人，尊贵的人，不跟优伶计较，别人不能说的话，伶人说了就没事。

骊姬的心愿当然得逞了。不过，圣人说："货悖而入者，亦悖而出。"翻译成老百姓的话就是："出来混，迟早要还的。"骊姬的儿子奚齐在晋献公死后不久，便被里克杀死了；据《列女传》称，骊姬也被里克鞭杀了。

晋国经过"骊姬之乱"，给中国历史上留下了许多文化符号和人物形象，此不赘述。单说这个出自优施的一句话，成为中国传统文化中一个坚硬的符号和咒语。因为这四个字，俳优得以在漫长的历史中生存延续，在许多历史的转折节点中发挥巨大的作用。他们有时候扮演的角色，甚至让一向看不起他们的读书人、士大夫暗地里都羡慕忌妒，甚至仇恨。最主要的原因是，他们身份特殊，受君上的宠爱、亲近，可以非正常跨越，进步很快，所谓一步登天之荣，对他们来说可不是传说——昨天还什么都不是，第二天就可能因为一段创作，供奉天子之堂，甚至跟君上拉手亲近。相比之下，那些辛苦读书出身，察举、科举出身的官员，想跟上司亲近可没那么容易。那些言官司谏如果劝皇帝不要太宠爱俳优，皇帝很可能会轻轻用一句"优言无邮"把你挡回去，意思是说又不让他们干政，就是娱乐娱乐嘛。看看，这气人不气人？

士大夫羡慕忌妒俳优的原因还不只是俳优们能亲近君上，更深层的是一些有思想、有人格的俳优能做出让士大夫无计可施、望洋兴叹的行为。

还说晋国，它后来被赵、韩、魏三家分成三份了。其中，赵襄子对三家分晋起了关键的作用。作为一个成功者，赵襄子很得意，成天喝酒庆贺。赵襄子宠爱的一个俳优，名叫莫，世称优莫。有一回赵襄子连续喝了五天五夜的酒，优莫在一旁伺候，赵襄子醉醺醺地对优莫说：你看我，身体倍儿棒，吃嘛嘛香！连续喝酒五天五夜，嘛事没有！优莫上前又给赵襄子满上一大杯酒说：您还得接着喝！这点儿酒算什么呀？当年商纣王连续喝了七天七夜呢，咱怎么也得把他比下去呀！来！干！

赵襄子多聪明的人啊！一听优莫话里有话，猛地惊醒，又问：那你说，我也会像商纣王一样灭亡吗？优莫反应很快，连连摆手说：不会不会！您绝对不会像他一样灭亡。商纣王灭亡，是因为他

211

运气不好，遇上了像周文王、周武王这样的圣君明主把他给灭了。您不一样啊！现在咱们周围这些国家的君主，个个都跟夏桀似的，你们谁都不会灭亡。所以，您尽管饮酒作乐，一点事没有！真的！

优莫也给世上留下四个字："桀纣并世。"这四个字很猛！但让读书人不平衡的是，这四个字不是出自士大夫之口，而是出自优伶之口，这能不叫人羡慕忌妒乃至仇恨吗？虽然说"优言无邮"，但是赵襄子还是被优莫的话吓坏了，惊醒过来。

优施的"优言无邮"四个字，形成了传统上看待演员和演艺的共识、底线和默契。史上优伶利用这四个字，给君上进谏而获得成功的例子很多。有的甚至敢拿皇帝开玩笑，君臣观而乐之，不以为忤，皆因"优言无邮"四个字有它特殊的语境。在这个语境里，大不跟小计较，高不跟低计较，贵不跟贱计较。中国古代社会，就是一个要求尊贵的人自我约束的社会，您之所以在史书和小说稗类中看到许多权贵豪强仗势欺人，那正是要把他们摘出来供世人唾弃的。文人士大夫，文必载道，行必顾文，其修身一丝不苟，如切如磋，如琢如磨，言谈举止，端直贞正，自由度自然小，讲究的就是修养越高越尊贵，自由度越小。而优伶娱人，就不能用文人士大夫的标准要求他们，故"优言无邮"，让他们享有更大的自由度。

对那些俳优和他们所演的戏，讥刺社会，侮谩上司，调笑宾朋，被开涮的人不计较，看戏的人也因为这四个字并不全当真，在特殊语境下，有共识。您以为郭德纲几乎每场必说"于谦的爸爸李老先生"是真的吗？就是这个意思。也没有因为某个细节不合适，跟剧团演员打官司的。就是说，因为这四个字的共识，人们会把戏当戏看。也可以说，"优言无邮"这四个字类似高压锅的出气阀门，有了这个孔，能有限度地排放世道人心的某些压力。

52　古代优伶身份卑贱却心向尊贵

艺人在古代社会的地位一直是卑微的，卑微到什么地步？即便自己深受宠爱、欢迎，挣钱再多，生活再奢华，也不敢在人前放肆、夸诞大言，至于说放纵子弟仗势横行，那是不可想象的事情。

潘光旦先生在《中国伶人血缘之研究》一书中说："自以伶业为可以矜贵的伶人，我们至今还没有找到一例。伶人在同业之间，尽可以取恃才傲物的态度，尽可以有同行嫉妒的心理，假若自己是出自一个梨园世家，更可以鄙薄那些暴发与乘时崛起的伶人……但无论如何，对于同业以外的一般社会，一个伶人就不能用绝对对等的人格，出来周旋。"

形成伶人这种卑微的人格，自然有深厚的历史原因。考诸往史，中国古代社会基本上形成了这样一个规律：凡是获利丰厚容易者，身份卑贱；而获利微薄艰辛者，身份尊贵。比如，士农尊贵，工商卑贱——因为读书以求仕进，非常不容易，世人所见者都是读书成功，而不见占天下绝大多数的寒士，其皓首穷经，多不善治生，以致饔飧不继，形同乞丐者，大有人在。农夫之艰辛劳苦，荷锄负耒，汗流浃背，寒暑不辍，所获亦可怜。所以，为天下均衡计，这两类人的身份被制度和文化设置为尊贵，这样的设置或者说默契，能使其安贫乐道，乐于固守其穷，也不愿意放弃自己的身份；而工商相对来说获利容易，被设为卑贱，使其不仗财势而骄矜，不影响人心风气趋向。比工商还卑贱的，是优伶，因为其从业者，不事耕读，而以声色技艺取悦于人，满足的是人基本生存之外的非分欲求。

伶人演艺，当然欢乐可喜，其人又多善承人意，巧于逢迎，很容易使人为之倾倒沉迷。其背后的辛苦人多不见，而世人所见者，其衣着鲜洁，一夜成名即暴富发家。所以，如将其设置为尊贵，必然导引世俗风气，使人心浮躁，寡廉鲜耻以求富利。尽管优伶地位卑微，甚至比娼妓的地位还卑微，但因为其容易混口饭吃，比耕田种地好混，所以以富裕奢靡著称的旧时扬州依然有"千家养女先教曲，十里栽花算种田"的风气。苏州在明清时期也多出伶人，"乐为俳优"，"衣食于此者不知几千人矣"。但是，苏州的读书人很不以此为荣。清代长洲（今属江苏苏州）人汪琬在京城当官，一日与同僚喝茶聊天，都夸自己家乡的特产，唯独汪琬低头喝茶不语。有人催促：汪大人也说说苏州有何特产？汪长吁一口气，说：苏州嘛，只有两样特产，不足夸耀。众人更兴奋地催促，汪琬说：一是梨园弟子。众人拊掌哄笑。汪琬喝了一口茶，徐徐而道：另外一个特产嘛……他环视诸位，说："状元耳！"可不是嘛，苏州教育发达，读书人多，出的状元多。有状元，才给汪琬扳回了面子，并且有化腐朽为神奇之效。

假设一下：如果给伶人以尊贵的社会地位，给其中的佼佼者与读书科举而仕进的士人同样的地位，则伶人无疑能占尽天下所有的好处与风光。今人与古人同情理，一个明星、偶像的影响力和号召力实在是太大了。如此，就会使社会很快处于严重的失衡状态，人的天性本来就好逸恶劳，你这样一设置，使天下人纷纷热衷于从事这种行业，以这种行业为尊贵，谁还愿意耕田种地，保家卫国？如此，必使田园荒芜，边备松弛。而为政之难，在于收拾人心，人心既乱，万事不成。这一点，那些有自知之明和正直之心的伶人自己也知道。元代名伶连枝秀色艺俱佳，有人问她：你愿意嫁给一个富豪做小妾吗？连枝秀说："娶倡为媳，谁肯与之尊严？与其嫁而导淫于人，宁自守以独居而死耳！"就是说，自己身份卑微，不愿意连累任何人，也不愿意嫁入富豪之家，以免引导社会风气，让天下那些有点才艺的女孩子都以嫁富豪为心中归宿。在这里，可以看得出来，伶人虽身份卑微，但是其心却向往尊贵，连枝秀因此受到后人的赞赏，她的故事被写成一部小说以规导世人。

身份卑贱，但心向尊贵，这是古代伶人的集体人格。伶人一生的努力，数代人的奋争，就是要脱离卑贱的身份，哪怕受穷，也要争取一个正常的社会地位。从前科举，明令倡优隶卒子弟不准科考，连结婚也只能内部循环，不能与老百姓即"良人"通婚，否则挨一百大棒！在这种压力下，伶人中那些有见识、心性高傲、有志向的人，对自己的要求极为严格，行为言谈、家教治理甚至比很多官宦人家和读书人家都严饬，为的是一有机会，就表现出他心向尊贵的人格。清道光年间,有一位艺名为郝金官的伶人在北京以演艺致富。晚年返乡,路过山东,时遭大饥荒,饿殍满道,他便慷慨地将家财全部捐献出来做慈善赈灾,为朝廷分忧,解燃眉之急。事后,山东官员奏请朝廷:应该给郝金官授官、嘉奖。可是,安守本分的郝金官却诚恳地说:我是个伶人,即使当官,也会被其他读书人出身的官员同僚看不起,我就不要自取其辱了。假如朝廷能开恩破例,准许我的子孙与常人一样参加科举考试,我就感激不尽了。朝廷经过讨论,准许他的子孙参加科考。郝家有钱,且崇尚读书,郝金官的孙子郝同篪不但考中进士,还当上了翰林。

前文引用潘光旦先生的文字,说历史上未见有伶人对"良人"表现出矜贵之态的。潘先生所言,是正常情况下的伶人,其实历史上也有非常少见的例外情况。五代后唐庄宗李存勖,"勖"读若"续"音,很多人读成李存冒。我看读"存冒"更合适。这个李存勖真是个傻帽儿。他非常喜欢演戏,自己当票友都嫌不过瘾,简直比专业演员还忙乎,他还给自己取了个艺名:"李天下"。他喜欢伶人到了千古独步的程度,举大兵给他父亲报仇,攻入梁都汴京,战乱之中,他最关心的却是他喜欢的一个名叫周匝的伶人怎么样了。周匝到李傻帽儿马前拜见,李傻帽儿竟然悲喜交加,与他执手相看泪眼,无语凝噎,十分的文艺。周匝这个伶人当场要求李傻帽儿封自己和另外两个伶人当刺史这样大的官,李傻帽儿竟然同意了!

在李傻帽儿的骄纵下,他喜欢的那些伶人飞扬跋扈到了极致,伶人们形成了一个利益团伙,当官的当官,赚钱的赚钱,十分张扬,从渗透朝政直到把持朝政,弄得许多文官武将纷纷巴结这些伶人,即便不干谒求进,也不至于让伶人老爷们认为自己清高而惹祸。多行不义,后唐庄宗在位不到四年,就被这些伶人祸害得身死国灭,最后连同他喜欢的那些乐器一起被火化了。

欧阳修对五代后唐伶官乱政有沉痛的反思与批评。可以说,五代后唐这些跋扈的伶人,其身份因受宠而尊贵,其行事却明显地表现出心向卑贱,正所谓:给你尊贵,你却向往卑贱;给你阳光,你却不愿意灿烂。

53 古代的骗子

晚清，浙江吏治大坏，朝廷派蒋某为浙江巡抚。蒋巡抚到任，即明察暗访，到处做调研，见辖下各级官员脸上极少有笑容，深感事态严重。于是，他发现官吏贪墨渎职，残民荒政，决心重重惩处。一时间，浙江那些屁股不干净的官员人心惶惶。

有一天，温州来了三个相貌气质不凡的外地人，住在温州知府衙门附近的一个高级旅馆里。三个人也没有别的事做，就是到处走走看看，经常在知府公审案件的时候，也凑到人群中看热闹，听知府断案。回到旅馆，就喝茶聊天，和周围的人议论，打听知府的一些事。很快，这三个人被店主盯上了。店主就是知府和衙门的眼线，发现有外地人、可疑者，要向上面报告。店主将这三个人的行踪举动上报给知府。知府得报后，便趁三人不注意，派人到这三个人的房间翻东西。一翻，吓坏了：行李中居然有刚刚到任的蒋巡抚的访牌，其中有一个小册子，上面记录着知府最近审案的情况，以及听来的百姓对知府议论的实录；还有一个东西，是巡抚给温州下面的永嘉知县的一封信，信还没封口，内容大致是巡抚奉朝廷的命令视察,要到永嘉调研云云,没有更具体的时间。温州知府一看,魂飞齿震,赶紧回去想对策。

那三个人外出回来,见行李被翻动过,便问店主,店主说是知府来探望他们了,想必是被知府的人翻过。三个人说:我们的行踪暴露了,那就赶紧走吧。于是匆匆就走了。温州知府接到店主报信,说那三个人乘船走了。知府赶紧找到永嘉知县,从另外一条水路追赶,很快赶上了三个人的船。上船一看,发现只有两个人。知府和知县恭敬地问:那位大人呢?两个人说:我家大人有急事先回省城衙门了。知府与知县一使眼色,送给两个人几筐柑橘,说:这次没招待好各位,这是一点心意,我们当地的土特产,请笑纳。

送礼成功,知府与知县安心回府了。二人心想:这一招一直都灵,屡试不爽,没见过官员不爱钱的——原来那几筐柑橘,上面是柑橘,下面全是银子!他们用这个方法,应付上面的各种调查,不知道收买了多少官员。

后来,温州知府和永嘉知县到省城专门拜访巡抚。结果得知,蒋巡抚根本就没去过温州和永嘉。两个人这才知道:那三个人是骗子!

知府和知县只好打碎牙齿往肚里咽,没敢声张。但是,事情最后还是被人知道了。

这是假扮巡抚骗知府和县令的。还有巡抚被骗的事——

乾隆初年,苏州巡抚衙门附近的旅店,住进了两个身材高大的外地人,这两个人说话满口京味,说话办事有一种京城衙门里才有的干练和倨傲。这引起了店主的疑心。有一天晚上,店主从门缝里看那两个人住的房间，只见烛光高照，一个人端坐在炕上，另一个人回话的时候，身子还一边单跪打千，看样子像是上下级的官员之间在对话。店主觉得好像摊上大事了，赶紧报告官府。官府趁两个人不在，派人查看他们的行李，一看，有京官才穿的衣服、朝靴，还有珊瑚、孔雀花翎等贵重物品，不是一般人用的东西。官府赶紧汇报给巡抚大人。巡抚一听，紧张坏了：这是朝廷派人来查我了，这怎么办？多年的官场经验让他很快冷静下来：只要来人肯收钱，就不用怕了；要是来人不收钱，再想办法。巡抚赶紧准备了一千两黄金，就在那两个人发现东西被翻，正要起程的时候，巡抚来了，他将一千两黄金恭敬地送上。其中一个人坐在屋里不出来，另一个人出门，一脸倨傲的样子说：您请回吧！东西收了，大人心里有数了。

巡抚见黄金被收下了，心里踏实了，放心地回去了。巡抚回去后，继续派人去打听这两人到底是什么来历，到底是谁在朝中给他下了锥子，让朝廷派人来暗访调查他，结果发现根本没这回事。

这名巡抚也只好打碎牙齿往肚里咽。

这种骗术在过去几乎是雷同的，之所以是雷同的，问题就在于古代的官员都信这一套。一见对自己有威胁或可利用的人，宁信其有，不信其无。至于被骗，是不愿意声张的，因为声张出来，只会让自己丢人。

前人云："龙有嗜可豢之，物先腐虫生之。凡受骗者，皆有隙可乘，故入其彀中而不觉也。"之所以不断出现雷同的骗术和骗子，就在于被骗者的愿望是雷同的。所谓香饵之下，必有死鱼。在一个资源和权力高度集中的时代，正常的晋升和获取利益的渠道不畅通，人就不可避免地产生非分的想法，做出非常的举动。尤其是身边不如自己的人因为上面有人而屡屡成功时，他就很希望自己身边也出现一个天赐的"贵人"，也许就能襄助自己成功。

一般来说，世俗的人不同情被骗的人，甚或畸形的大众心理还会欣赏骗子的强大心理素质、演技和胆量。尤其是荒政、怠政、贪墨、残民的官员被骗，就像骗子帮老百姓报了仇一样。这类似孟子说的"夫民今而后得反之也"。

54 古代官员对于风水的态度

唐朝元和年间李吉甫为相。当时的政事堂有一张床榻，放在一个显眼的位置，在李吉甫之前的很多宰相任上，这个床榻就放在那里，没有人动过。没有人动它，它就变得很神秘。李吉甫见了，说这个东西很久没有打扫过了吧？看上去很脏，下面积攒了很多垃圾，怎么没有人管这事？叫负责内务的来回话！

内务主管来了，看见李相爷不高兴，却并不慌张，慢慢地走到李吉甫跟前，从容回话：回相爷，这个床榻不能动，这是历任宰相的忌讳。李吉甫更不高兴了，问：这是什么忌讳？旁边有官员插话：宰相，此床榻的位置、朝向，有风水之说，丝毫不能动，关乎宰相的福祸。所以，负责内务的从来不敢动一丝一毫，甚至不敢打扫卫生，怕不小心有丝毫的移位，对当朝宰相不利。所以，这是长期以来政事堂的一条禁忌。负责内务的官员也从不因为此床榻的卫生不好而责罚下人。

李吉甫哈哈大笑：什么于宰相不利！"岂有一床而能制宰相祸福者？"听我的，把这东西挪一挪，打扫一下，你看看下面都脏成什么样子了。

官员们面面相觑,谁也不敢说同意,也不敢说不同意,只是沉默。

李吉甫说:风水之说,自来有之。床榻都脏成这样,还不挪动打扫,才是风水不好哩。我是宰相,出了事与你们各位无关。

于是,内务部门很快就打扫了一下房子,将那个风水床榻搬了出去,重新收拾干净,而那个床榻曾经待的地方,居然打扫出了几车垃圾,基本上床榻下面都让垃圾塞实了。

清理了那个风水床榻,李吉甫一点事也没有。他这个举动,给天下的官员做了样子,那些迷信风水的官员都不敢明目张胆地讲究风水了。

贪官讲究风水,以贪婪非分之心而崇信佛道,实属大恶。其贪淫无度,搜民刮脂,致死人命犹未知足,拔一毛利天下而不为,对民间疾苦无动于衷,荒政渎职不惭于内,而对于放生、建庙、烧香、拜佛这种事,却慷慨大度,贡献不绝。这哪里是真的崇佛信道?这是贿赂收买佛道,他们的发心就是不良、恶毒的,是猥亵佛祖道宗,企图让佛祖道宗当他家的仆役,以所贪贿的一点鸡虫琐屑之食,九牛一毛之惠,收买役使神佛为他家的打手,看家护院,并且贪婪地企图垄断神佛,绑架神佛保其子孙贪贿无度而安泰百世。世界上有这种道理吗?有这种神佛吗?

越没文化越迷信,自来教化无非两种方式:一曰忠鲠孝义可以劝臣子,二曰因果报应可以警愚俗。佛道所说的善有善报,不过是面向普罗大众所开的方便之门，使不识字者因为听信果报之说，而产生向化慕道之心。宣化上人曾说，信佛原本是信智慧，教化民众如喂小儿吃药，需要裹以糖衣，让孩子将药当糖吃，以起到智慧教化、以药治病的作用。今之贪官，其财其位，皆以悖乱而入，亦自感有一天会以悖乱而出，为求万世盈泰，企图贿赂神佛，专宠独占神佛恩惠，欲使佛道神圣独护佑其一人一家，岂有此理！

子不语怪力乱神，儒家言理不言数，古代读书人科举出身的官员，心中有数，口不言数，绝不可能将自己的办公室弄得像灵堂一样神神道道的：这儿放块转运石，那儿放个风水珠，填埋自然湖汊，叠垒假山以为靠山，让高速公路改道，让市政道路拐弯，平地挖壑修桥耗费民财。这都是闻所未闻的事。

所谓风水命数之说，无过道法自然。自然之理，生生不息，简单说就是你活，也让别人活，即所谓有仁心仁政，自然符合风水命数。何谓仁心？钱穆先生有个比喻，仁者，好比果仁、花生仁等，有仁，就有了生命的种子，就有了存他人之心。不能好处都让你一个人占尽了，不给别人留活路。

南宋理学家陆象山有个记录：临安城有个四圣观，每到六月间，满城官员倾城出动，纷纷前往祷祀。他问：这儿的香火怎么这么旺盛？那么多当官的都来烧香。有人回答说：都认为这里的神很灵。其实，不过是当今朝廷赏罚不明。赏罚不明，人对自己的前途就没有信心，没有路径可循，干得好坏跟升官没有关系，加上官员没有文化，没有操守，就特别迷信鬼神风水。

文廷式对此感慨地说："余谓政治家当言赏罚，宗教家则言吉凶。赏罚明则行善者吉，作恶者凶，天下晓然，祈祷之事自息矣。"就是说，天下要有是非，赏罚分明，不能让人看见作恶的还升官，好官员反而被冷落甚至晾在一边；要让行善者得到奖赏，作恶的受到惩罚。这样一来，什么迷信、风水、大师之类，就自然没那么猖獗了。

55 古人如何对待"怪力乱神"

宋真宗时期，大将曹克明任西南十州都巡检兼安抚使。当时那个地方很乱，经常有人闹事造反。他刚一上任，当地就有人给他带来一位大师。这大师有很多本领，能隔空抓蛇，并用抓来的蛇配药；中了箭伤，只要在伤口敷上大师的药，很快就愈合如初了，根本不用随军的军医诊治。曹克明微微一笑：这么灵？那可是个好东西啊！我得试试。大师一听，非常高兴，说：将军，请让人抓一只狗或者鸡来试。曹克明说：那太麻烦了，军中哪儿有鸡和狗啊！用人试吧。说着拿过自己的铁弓，搭上箭，冲着大师的屁股"噗"地就是一箭，大师中箭，疼得像杀猪一样号叫。曹克明说：赶紧给他敷上他自己的药。大师连连摆手，疼得都说不出话来了。士兵抓了一把大师的药，捂在大师屁股的伤口上，那大师一接触自己的药，当即一翻白眼，口吐白沫，死了。曹克明这一招，把许多心怀不轨的人吓得很久都不敢有不安分的念头。

程珦是宋代程颢、程颐两位大贤的父亲。程珦在龚州当知州的时候，当地纷传出了一位大师，就像神仙一样，有多种本事。又传说这个大师还是一个当地的土著神灵转世,这个神灵生前因为作乱造反,被朝廷杀了,死后就转世成大师。见过大师的人都说大师能给许多人造福,当地许多财主和名妓都去结交这个大师,一些官吏也纷纷与大师结交,但是都不敢当场验证大师的真伪,生怕自己一言不慎,冒犯了大师,让大师隔着老远给戳死。就这样,大师的名气越传越大。

大师说要想让他发功给人办事,就必须增加他的功力,必须给他在南海边盖个别墅。很快就有人赞助了。大师让人抬着他施过法术的一些神神道道的祭祀器具连同自己的画像,顺着浔江一路南下,准备到南海边上找地方盖个别墅。抬着大师的器物与画像的一行人,一路张扬,吹吹打打到了程珦任职的龚州,被拦下了。程珦问这是干什么,领头的说:这是某某某大师的画像和祭祀用的器物,要到南海边,路过龚州。来人还神神秘秘地对程珦说:这东西很灵,前几天路过浔州,浔州的官员还不信,将这些祀具和大师的画像扔到河里去了,大人您猜怎么着?这些东西入水不湿不沉不说,更奇怪的是,不往下游漂,反而逆流往上游去了,浔州的官员吓坏了,赶紧捞起来,烧香谢罪……

程珦说:啊!是吗?这么神!来人,给我把这些东西扔到浔江里头去,让咱们也看看这些东西入水不湿不沉、逆流而上的奇迹,开开眼。衙役汹汹而上,将来人带的所有东西,连同大师的画像都扔到波涛汹涌的浔江里去了。结果,那些东西有的当时就沉下去了,一时没沉的都被江水浸湿打烂,随江流而下,一会儿就看不见了。

程珦这么一整治，所谓大师的事从此就没人再提了。

唐朝初年，也出过一个大师，自言能诅咒人生死，即他念个咒语，让你活你就活，让你死你就死，这一招把人吓坏了，连质疑都不敢质疑，宁信其有，不信其无。当时，朝中很多大臣都愿意结交这个大师，因为大家想啊：即便不能从大师那儿获得什么便宜，起码也能防止有人贿赂大师把自己诅咒死啊！很多人都抱着这个心态，与大师来往。有些人还拼命给大师捐赠财物，供养大师，与大师结拜认干亲，一时间大师的日子过得比皇帝还好。供养大师的主要目的是求亲近。您知道，有能力、有势力的人，不愿意落下世上任何一样最时髦、最昂贵、他们认为最好的东西，他们不允许自己能想到、看到、听到的任何一位大师不在自己生活的层面和圈子内。上层人物纷纷以熟识大师为荣、为时尚；如果自己还不认识大师，不跟大师是好朋友，那就证明自己还不够强大。倒不一定让大师具体帮什么忙，更不一定让大师帮自己杀哪个人，就是为了满足自己的这种心理：我到了这个层面，凡是这个层面的任何大家认为好的东西，我都要，一样不能少。这种关系，我不见得会用，但我不能没有，这么重要的人物我不能不认识。

偏偏萧瑀不信这个。

大师的名气越来越大，李世民听说有这个大师，也想认识一下。但是，作为一国之君，不能随便相信这个东西，因为万一是假的，那个人是骗子，别人不要脸，丢得起那个人，皇帝可丢不起。他让人传唤那个大师，要当庭验证。李世民问满朝大臣：谁愿意试一试啊？文武官员，连同侍卫和太监，一下子变得跟僵尸一样，个个都屏住呼吸，生怕皇上点到自己的名。气氛十分紧张，空气为之凝固。这时候，萧瑀从容出班，奏道：臣愿意一试，请大师诅咒臣死。李世民说：你不怕死？萧瑀回奏：万岁！大师不也还能把人救活嘛，万岁如见臣当场死了，又想让臣活回来，就命令大师念个咒语再把臣救活嘛。李世民笑了：有道理！来，开始吧。

大师见萧瑀从容地走向自己，一时间非常惶恐。萧瑀盯着大师，大师看着萧瑀，大师的脸上一阵红一阵白，进而浑身哆嗦，全身抽搐，突然扑通一声，倒在地上，死了。君臣哗然。李世民总结道：原来大师说的是能把自己诅咒死啊！

李世民当场训话：各级官员，不要忘记前人说的话，"国将兴，听于人；国将亡，听于神"。大家要把更多的时间和精力，用到为国家操劳、为百姓办事的工作当中去，为国为民，夙兴夜寐，国家自然兴旺。"子不语怪力乱神"，不要说这个大师是假的，就是真的，也不能相信，更不能纵容追捧，难道天下要靠这样的大师来决定生死存亡，那还要朕和你们干什么？你们追捧这样的大师，就是引导天下人心存侥幸，成为内心奸鄙的无耻幸民。历朝历代，凡是幸民意识浓厚的，没有不快速消亡的。

56　古代如何阻止谣言

陕西关中这个地方，每年秋季必有霖雨，霖雨之灾，数年或有一次。汉成帝建始年间，关中一连下了四十多天雨，到处积水，墙倒房塌，田地淹毁。秋雨连月不开，道路泥泞塌陷，人被困在屋内，仿佛得了抑郁症一样，难免心里胡思乱想。

不知道是谁说的，说这样的雨天，看样子必有更大的雨水，慢慢地这句话被传成"一日之内将有大水"！谣言越说越玄乎，老百姓人心惶惶，相互转告，一时间，谣言演变为多种版本，腾起于关中，尤其是京城长安，城中百姓奔走踩躏，老弱呼号，场面异常混乱。大将军王凤也听信了这个谣言，命令赶紧准备船，等大水来时，将太后、皇帝以及后宫载上船以逃命，并且主持召开专门的会议，启动应急预案：因为船不够用，其他官员可登上城墙避水。位高权重的王大将军这么重视，谣言瞬间转化，成了迫在眉睫的灾难，"群臣皆从凤议"。官员们纷纷派手下回去安排，将金银细软都打点好，让老婆孩子都准备好，只等一声令下，全家上城墙。

只有一个人对此深表怀疑，他就是左将军王商。王商也是皇亲，他曾经照顾过汉成帝，深得汉成帝的信任。他说：古书上说从前最黑暗无道的朝代，都没有被大水淹没过城墙，怎么会有一日之间大水将至的说法？你们用脚后跟想想：水从哪里来？从围绕长安的几条河流来？那些河流地势都远远低于长安城！水从南边的秦岭来？秦岭哪里会有那么多的水？

王商一番话，问得大家面面相觑，仿佛明白了。王商说：这必然是谣言！汉成帝一听，说：那就调查造谣的人，抓起来问罪！王商说：本来老百姓听说官府只顾自己按级别登城避水，不管老百姓，正群情激愤，此时抓人，还不更乱了？汉成帝说：那怎么办？王商说：阻止谣言的唯一办法，就是各级官员从容上班，该干吗干吗，绝不能上城墙，原先在城墙上安排的其他活动也应立即取消，"不宜令上城，重惊百姓"。官府镇定，百姓慢慢就平静了。不久，大雨慢慢地停了，漫长的霖雨季节过去，长安城又恢复了它的繁华。

由于王商的镇定，长安城避免了一场大乱，说他是用常识拯救了汉朝都不为过。

防民之口，甚于防川。自古谣言所出，必由居心叵测者。然而，人心多趋而信之，这是值得研究的。周厉王"道路以目"就不用说了；秦始皇手段狠戾，政令严酷，但是，越严酷狠戾，民间的议论、诽谤和谣言越多。没办法，他想到了法治，于始皇帝三十四年（前213）颁布法令，设立"诽谤妖言罪"，以震慑官民。谁料到，始皇帝三十六年（前211），天上有颗陨石掉在东郡那个地方，有居心叵测者在那块石头上刻了一行字："始皇帝死而地分"，这很可能是那些不甘心被亡国的六国的后人制造的谣言。但是,这个谣言产生的威力可大了,人们纷纷传谣信谣,内心仿佛按捺不住某种喜悦似的。秦始皇非常生气,严令调查、抓人、杀人。可是,没有调查出任何结果。秦始皇为了肃清影响,命令焚毁陨石,将居住在那块陨石附近周围多少里的人全杀光。

秦始皇企图以这种方式阻止谣言诽谤,人们是不敢说话了,但是心里还有话。第二年,秦始皇就死了。四年后,秦亡。

秦亡之后,又经历了四年的楚汉战争,刘邦打败项羽,一合诸侯,建立汉朝。

到汉文帝的时候,天下安定,开始呈现治世之象。汉文帝是个非常聪慧英明的皇帝,他发现各级官吏荒政怠政,民间有怨言,怨言有时候跟谣言搅和在一起——心中有怨愤的人最喜欢谣言,谣言别说兑换成事实,听听就能让他们觉得痛快。这就是民意,你不管它是如何虚妄,它的危害都是真实存在的。但是,官吏从不自查自省,往往动用公权力以谣言毁谤之罪名,抓人拿人,以图能阻止民间的谣言谤怨。有时候,他们甚至将有的造谣传谣者,依照当时的"诽谤妖言法",以"诋毁污蔑当今圣上"的罪名抓起来治罪。汉文帝听说了,深感忧虑,于文帝二年(前178)五月下《除诽谤妖言法诏》,曰:"古之治天下,朝有进善之旌,诽谤之木,所以通治道而来谏者也。今法有诽谤妖言(颜师古注:'过误之语以为妖言')之罪,是使众臣不敢尽情,而上无由闻过失也。将何以来远方之贤良?其除之。民或祝诅上,以相约而后相谩,吏以为大逆。其有他言,

吏又以为诽谤。此细民之愚，无知抵死，朕甚不取。自今以来，有犯此者，勿听治。"（《汉书·文帝纪》）

意思是说：自古以来，历代朝廷设立提意见的机制，比如有进善之旌、诽谤之木（后演变为华表），就是为了能够广泛听取治理国家的思路，听人提意见。但是，现在我汉朝设立的这个《诽谤妖言法》，弄得底层官员都不敢提意见，这样就使上面各级官员和朕都听不到人们真实的想法，因此就不知道自己为政的过失在哪儿。天下那些贤良之士虽然说话难听，但是有才，对国家忠心耿耿。现在，因为上下不通，就不能将他们延揽到朝廷中来。朕还听说，老百姓对官吏有意见，说话骂骂咧咧，有时候都捎带着把朕也骂了，官吏就抓住这一点，以"妖言诽谤皇帝"的罪名把百姓抓捕拷掠。老百姓嘛，说话直接、难听，很正常，老百姓夸赞官员，歌颂朝廷，不也很直接、很肉麻吗？所以，今后但凡有老百姓说话不好听，哪怕就是谣言诅咒、恶意诽谤，也不要治他们的罪。你跟老百姓较什么劲儿啊！有本事把分内的事做好，老百姓自然会赞美你。朕看这个《诽谤妖言法》是个恶法，弄不好将使我们大汉朝重蹈秦始皇的覆辙，把它废除了吧。

汉文帝废除了《诽谤妖言法》，汉朝由此政治清明，在汉文帝和他的儿子汉景帝的努力下，国家逐渐富强，遂有"文景之治"。

谣言自古不绝，而每到一个朝代的末期就很兴盛。它虽起于叵测居心，无中生有，但危害却是很大的。这很为历代统治者所苦恼。

人有病，天知否？谣言如病毒，不健康的机体最容易中毒。民有愿望，不得纾缓，遂郁结臃肿如发炎；炎症医治不当，病毒侵入，则可能使炎症加重，乃至演变为不可医治的癌症。考诸往史，谣言能以常人难以想象之力而摧樯折橹、倾覆家国者，比比皆是，原因正在此。

历来遇灾害，谣言必起，而为政者阻止谣言惑乱最有力有效的法宝，就是自我检讨，以一个"诚"字顺天应人，诚恳地检讨自己，做好自己的工作，犹如强身健体，延医问药，使得抵抗力增强，炎症消退，病毒不侵。《荀子》曰："流言止于智者。"《礼记·儒行》云："流言不极"，即对那些没有根据的谣言诽谤，不必追究，因为你追究不尽不说，还会使其越来越像真的。

57　古代枉法的案例

明朝成化年间，山东单县有个农民，大热天在地里干活，他的老婆给他送饭去，这个农民吃完饭，突然倒在地上，死了。农民的父亲和哥哥闻讯赶来，痛苦愤怒异常，赶紧报官，官府派了人来。验尸官即仵作一检查，很显然：中毒而死。又很显然：他吃了自己老婆送的饭，毒就在饭里嘛。报告到县官那里，县官一听，又破了一个案子，今年的指标快完成了。所以，就将那个农妇拘押，以便上报案卷，等上面核准后，就砍头，结案。

这个农妇被拘押，死活不承认作案，成天哭号怒骂，县官烦了，让人拷打，上夹棍，上拶指，总之，刑罚使用了很多种，那个农妇因为体力不支，久困牢狱，在无限的绝望中意志崩溃，所以她就承认在饭里下毒毒死了自己的丈夫。至于为什么毒死丈夫，县官希望从这儿挖出类似有奸夫的杀人动机，那个妇女昏死过去了。

案子似乎大白，全县人议论：哎呀！真是最毒妇人心啊！居然亲手毒死自己的丈夫，怎么下得去手哟！人们愤恨之余，还遗憾：就是便宜了那个奸夫。但是，县官不让外传，传出去怕外界议论他处理案件不干净，连个奸夫都抓不住。农妇所在乡里的老百姓，认为该农妇平常挺老实的，不可能有什么奸情。邻居有的妇女还曾经羡慕人家两口子很恩爱哩。但是，县官都让他们闭嘴，不准往外说。案子就这么破了。县官破案神速，还得到了上峰的表扬和嘉奖。

但是，从此以后，单县一直不下雨，土地很快干涸。民间议论纷纷，说什么的都有，最后都归结为一句：怕是人祸吧？但是都不敢明着说。

案子过去整整一年。

后来许进到山东担任按察司副使，视察单县的时候，问：这里有没有冤案哪？各级官员异口同声说：没有没有！不但没有，县令大人还因为快速侦破一起农妇毒杀亲夫的案件而受过表彰呢！

许大人说，那把这些年的案件卷宗都给我调来，我要看看。县官无奈，就把这些年的案子的卷宗调来呈上。许进在当时是很有名的官员，其性通敏，非常有能力，善任人。许进看到农妇毒杀亲夫案的卷宗，停了下来。他把当地官员叫来，说：这个农妇家里都有什么人？夫妻平时的日子过得怎么样？按说夫妇相守，白头到老，又是老百姓，没有太多非分的想法，何故要杀死对方？再说，鸩毒杀人，应该是计划得很周密才对，怎么能自己一个人提着饭篮，到田里去给丈夫送饭，当场毒死丈夫？你们这个案件有问题，要重新审。

晚上，有人拜见许进，诚恳地说：大人，这个案子早就结了，上级各个衙门都表扬过了，受表彰的官员们现在提拔的提拔，升迁的升迁，您如果将这个案子推倒重审，会让这些人很难堪。何况他们都在一定的位子上,怕是会处处掣肘,为难阻碍案子的重审,就算是个冤案,也不会让它顺利地翻案,咱大明朝冤案还少吗?本来小小的一件事,官府认真一点,实事求是,轻松一扭转,则息讼平怨,安定民心。但是,正因为各个衙门的官员都有自己的利益和面子在那儿,就是不愿意实事求是地干,将事情一个个拖大拖炸,最后让老百姓骂国家,诅咒朝廷。没办法,现在就是这个风气,大人您也是知道的。所以,这个案子就走走过场算了。给因为这个案子而得到好处的老爷们一个面子,大家都会记得您的。况且,农妇的夫家父兄对此案的审判结果非常满意,而农妇的娘家虽然一直不忿,但是也没证据翻案呀!再说,面对强大的官府,他们的不忿一点用都没有。现在咱们的官员根本就不把老百姓的不忿放在眼里,一句"老百姓不理性,素质不高"就给打发了。大人,您就别为一个小老百姓而得罪官场了。

许进说:听你这么说,我就明白了,难怪老百姓将命运都寄托在上天呢!外面议论纷纷,我听说老百姓都将希望寄托在阎王爷身上了,说是要等腐败官员死了才有希望。看来是真的。这样不行,长期这样下去,对国家不利。这个案子一定要重审。

许进将农夫的父兄等人叫来,又查卷宗,核实农夫那天所吃的食物,都是当地的家常饭菜:鱼汤米饭。许进问:一般你们从村中走到那块田里,都走什么路线?农夫的父亲说:一般就抄近道,经过一片荆条林中的小道。

许进吩咐手下按照农夫那天吃的饭菜,重做一份鱼汤米饭。然后，将鱼汤米饭放到荆条林中，荆花从树上落到饭菜中。许进说：把猫和狗放进荆条林，让猫狗吃这份鱼汤米饭。结果，猫狗一吃，全死了。

许进说：看看，荆花落到鱼汤米饭中，产生剧毒，人畜食之，立死。可见，这个案子中的农妇是冤枉的，农妇并不是有意毒死自己的丈夫。

许进的话音刚落，天上乌云翻滚，霎时大雨瓢泼而下。旱了整整一年的单县，迎来了第一场豪雨。

冤案得不到申雪的主要原因，不是作案的奸人狡诈，更多的是审判案件的官员贪鄙枉法。司法者若贪鄙枉法，天下冤案必多。顾炎武说：民有冤情，申告无门，乃诉诸鬼神。老百姓将申冤的希望寄托在因果报应上，这就很糟糕了。所以，当诉诸鬼神多了，就是一个朝代的气数快尽了，"国将亡，听于神"。

58　古人如何对待法与情

　　清代琼州（今海南）有张、李两家富户，订儿女亲家，就等成年后给两个孩子办喜事。张父身体不好，每天用人参汤补身子，而负责给张父煮参汤的就是他的女儿，这个女儿每天收拾人参剩下的渣屑觉得丢了怪可惜的，就自己吃了。不料这个胃口极好的女孩把自己吃得很胖，身上的肉一嘟噜一嘟噜的，穿着绸缎衣服就显得很臃肿。邻居羡慕忌妒之余，就嚼舌头，瞎猜测：这女孩看上去怎么像是怀孕了？另一个邻居说：可不是吗？听说还被私塾老师带着外出开过房呢……各种传言慢慢地就被李家听去了。李家觉得这很丢人，就找张家诘问。张家说你老李家想悔婚还是怎么的？这么污辱我们张家可不行。李家说我们李家没过门的媳妇都这德行了，我们李家还受了污辱，丢不起这人呢！张家说我们家的清白闺女，被你家悔婚，外人本来就会猜测我们女儿是不是不检点了，现在你们又怀疑她被老师带出去开过房，担上如此不好的名声，我老张家跟你没完。

　　两家把官司打到琼州府衙。知府说：哎呀，这事发生在我们琼州,传出去太丢人了。先别声张,不要接触媒体,这种事闹大对谁都没有好处!私了吧!

两家都要求调查,知府说要体检验看。张家女儿闻言,气得五内俱焚。她被强行带到堂前回话。知府发问:张小姐,你是不是被老师带出去开过房把肚子搞大了?话刚出口,张小姐忽地从怀里拔出一把雪亮的短刀,刀刃向里,朝自己猛扎进去,切腹自证清白。显然腹内并没有胎儿,这下案情大白,知府宣判:李家人听着,"汝媳肥壮,故致如此,不察反诬,当反坐罪"。李家父亲听了宣判,对张父道歉说:谁让你把女儿养得那么胖?"汝女胃口强健",怎么不减肥?张家认为自己女儿清白,让官府给个表彰。("我女剖腹自明,虽古烈女,不过如此。")李家说,这是我家没过门的儿媳妇,我们感到光荣,也强烈要求表彰。

北宋官员张咏是在平定李顺起义后去治蜀的。他性格严峻,思维敏锐,做事果敢,语言犀利,纵横莫当。担任崇阳令时,他见一小吏从官府的库房里走出来,鬓角帽子下压着一枚钱。从前公务人员奉命到官府银库去,必须短衣短裤出入,就差脱光了。这个小吏为什么会携带一枚官钱出来?张咏问这个小吏怎么回事。小吏的性格也很各色,满不在乎地说:"你不都看见了吗?一枚官钱嘛。切!"张咏大喝一声:"来人,给我绑起来,打!"那个小吏边挣扎边冷笑说:"不就是一枚小钱嘛,你至于对我动刑?你能让人打我,难道还能杀了我不成?咱大宋朝可没这条法律。"张咏一听,坐直了,疾笔书写,朗声宣判:"一日一钱,千日千钱,绳锯木断,水滴石穿。"

说完，抽出宝剑，就在堂下咔嚓一声，砍了那个无理忤上、强言抗辩的小吏。这就是"一钱斩吏"的出处。张咏杀了小吏，自己如实写了封文书，上报蜀省，请上面来人调查，表示愿意承担任何后果。

张咏是个智商极高的人，他胸怀大义，磊落无私，做事讲原则，又懂权变，转圜自如，无不通达且切合情理，真所谓"毋不敬""必以情"。他处理问题时，往往出人意料，手段刚强，凛然不可犯，然又心思细密，并无刚愎自用，极有人情，放在传统中国文化的语境中，很值得欣赏。他到四川时，朝廷以蜀地大乱初平为名，规定将官们到任不得带家眷随同。将官们年富力强，不免有思家之苦，张咏知悉，为安定将官之心，自己先买了一个婢女，其他官员见此，也纷纷买婢女纳妾。三年后离任时，张咏将自己那个婢女的父母叫来，说：把你女儿领回去，让她嫁人吧。原来张咏连这女孩的手都没碰过。

张咏并非没有七情六欲，皆在其能发乎情而止于礼。他在蜀地时，家里有一个洗衣服的美女，非常可爱。他半夜想起这个女孩，心动了，便自己打自己嘴巴子，并大声骂："张咏小人，不可！不可！"

王道本乎人情；不通人情者，法虽繁苛，执行亦严，犹不能息讼平怨。张咏并非不知道法律，他升迁到京城任职，离任交接，继任者请教他如何才能治理好蜀地。张咏说：你的办法比法律高明，就用你的办法；你的办法不如法律，就遵循法律。（"如己见解高于法，则舍法而用己；如己见解不高于法，勿循己见。"）

跋　只有美德才能让人尊敬

刘　勇

好古敏求、好学深思，是许石林先生的最大特色，而他文章中的力量也正来源于此。读者也许都注意到了，石林先生不管是谈吃、说戏、评事，纵然语言尖辛泼辣、纵横捭阖，看似无所顾忌，但实质都归结到匡扶世道人心上。刀子嘴，菩萨心。

中国的文艺传统里，有讽喻怨刺一宗，也有温柔敦厚一道，石林先生入而能出，将两者巧妙地结合起来，俗而能雅，通过口语化的叙述，将前贤讲的道理复述出来。他拥有一批"石灰粉"，我想，这不仅仅是因为他的文章，更因为文章字里行间蕴含的质朴道理。

往后看，朝前走，是我们的特色。人们口中常挂着"文必秦汉，诗必盛唐""非三代两汉之书不敢观"之类的话头，正是这样心理的反映。往后看，是为了树立典范，使后人不致迷失于所谓"创新"之中，将要走上歧途之际，经典的力量会把你重新拉回到正轨上；朝前走，社会总要变化发展，是好是坏，要靠当时人们的努力了。

人能弘道，非道弘人。道理就摆在那里，谁都知道，能够实践、能够担当、能够坚持不懈，才是真正的古之学者。小故事，大道理，是石林先生在此书中所津津乐道的。他通过读书学习，体会古人所奉行之道，并将此融入到真实的生活当中。石林先生见人有一美，如在己身，必然逢人说项，这不正是古之君子推贤进士之风吗？先生出生于陕西，对关中怀有浓重的乡土之情，一人一事、一礼一仪、一草一木，都能讲出一段动人的故事。他口中常常称道孙夏峰（奇逢）、李中孚、李因笃等乡贤，转述三位先生之道德文章，以及不为清政府所屈之高尚气节，言辞高亢，开张奋发，真情毕露，闻之者无不感动。这不正是古之君子口必称人之善之宽宏博大吗？

孔子曾经说过，如果一个人像周公那样多才艺，身怀美质，但既骄傲又吝惜，必定不足观也。虽不能以石林先生之才比周公，但他喜唱戏，能鼓琴，擅交游，经史杂家无所不观，对一时一地之风俗人情了若指掌，上下数千年，纵横数万里，皆罗于胸中。在大化之中，是一个洒脱的奇人，穿长衫，戴墨镜，抽烟斗，喜饮食，非古非今，唯性情之所钟，遂一往情深。

我是《桃花扇底看前朝》的先睹者，石林先生在历史长河里，找出了一大批身怀美德，让人们顿生景仰之人物，说的是旧事，讽喻的是今人。不管权势如何显赫，不管金钱如何堆积如山，不管学问如何渊深，但终究只有美德才能让人尊敬，只有人伦大防才能阻止社会堕落。太上有立德，古之人不余欺！

美德，自学养中流出，更在于躬行，面对古人比照当下，每一位读到此书的人，都会有一番感悟。

图书在版编目（CIP）数据

桃花扇底看前朝 / 许石林著. — 成都：天地出版社，2022.9
ISBN 978-7-5455-7132-5

Ⅰ.①桃… Ⅱ.①许… Ⅲ.①随笔—作品集—中国—当代 Ⅳ.①I267.1

中国版本图书馆CIP数据核字（2022）第094113号

TAOHUA SHANDI KAN QIANCHAO
桃花扇底看前朝

出 品 人	陈小雨　杨　政
作　　者	许石林
责任编辑	柳　媛　王　超
封面设计	左左工作室
责任印制	王学锋

出版发行	天地出版社
	（成都市锦江区三色路238号　邮政编码：610023）
	（北京市方庄芳群园3区3号　邮政编码：100078）
网　　址	http://www.tiandiph.com
电子邮箱	tianditg@163.com
经　　销	新华文轩出版传媒股份有限公司

印　　刷	玖龙（天津）印刷有限公司
版　　次	2022年9月第1版
印　　次	2023年10月第2次印刷
开　　本	880mm×1230mm　1/32
印　　张	8.25
字　　数	180千字
定　　价	48.00元
书　　号	ISBN 978-7-5455-7132-5

版权所有◆违者必究
咨询电话：（028）86361282（总编室）
购书热线：（010）67693207（营销中心）

如有印装错误，请与本社联系调换

天壹文化